中国青少年智慧阅读书系

不可不知的

"说辩奇才的故事"

王健平 编著

黑龙江少年儿童出版社

图书在版编目（CIP）数据

不可不知的 说辩奇才的辞令故事 / 王健平编著. --
哈尔滨：黑龙江少年儿童出版社, 2012.5（2023.1 重印）
（中国青少年智慧阅读书系）
ISBN 978-7-5319-3080-8

Ⅰ.①不… Ⅱ.①王… Ⅲ.①故事–作品集–世界
Ⅳ.①I14

中国版本图书馆 CIP 数据核字（2012）第 082462 号

不可不知的 说辩奇才的辞令故事 / 王健平　编著

出 版 人：张　磊
策　　划：宗德凤
责任编辑：夏文竹
美术编辑：梁　毅
绘　　画：张富岩
责任印制：李　妍　王　刚
出版发行：黑龙江少年儿童出版社
　　　　　（黑龙江省哈尔滨市南岗区宣庆小区 8 号楼 150090）
经　　销：全国新华书店
印　　装：北京一鑫印务有限责任公司
开　　本：720mm × 980mm　1/16
印　　张：10
书　　号：ISBN 978-7-5319-3080-8
版　　次：2012 年 5 月第 1 版
印　　次：2023 年 1 月第 2 次印刷
定　　价：38.00 元

淳于髡"冷"对魏惠王

听说齐国大夫淳于髡终于到了魏国,正在后园中赏马的魏惠王非常高兴,马上命人将他请到宫里来。

"淳于髡是谁?为什么如此看重他?"陪同……魏惠王的公子奇怪地问道。

"淳于髡可不简单,他出身卑微,身形矮小,容貌不扬。你看,连他的名字也用了'髡'这样的字眼。"("髡"是一种轻微的刑罚,指的是剃掉头顶周围的头发。)

魏惠王好像对淳于髡非常熟悉,向公子这样介绍着。

"那他有什么不同于常人的地方吗?"公子显然没有看出有什么特别。

"淳于髡能言善辩,博学善思,是著名的贤人啊!"魏惠王感慨地说道,"他一开始在齐桓公创办的最高学府稷下学宫中担任教学先生,后来受到齐威王的注意,担任了齐国使节,多次出使诸国,获取了好评,名气也逐渐大起来。现在,新即位的齐宣王贪于酒色游玩,不注意招纳接收人才,所以齐国像淳于髡这样著名的学者都纷纷来我国,我当然要接见他。"

此时,淳于髡已经在魏国宫殿前等候,陪同他前来的,是魏国上大夫琚让。

琚让看起来似乎比淳于髡还要紧张,在等待召见的时候,他特意说道,今天惠王在赏马,心情很好,才让人禀报了淳于髡前来魏国的消息。随后又介绍惠王的脾气秉性、喜恶倾向等等。

淳于髡看起来则淡定如常,毕竟,类似的场面他见得已经太多。

正在这时,传令的侍卫走过来说:"国君准淳于髡一人进殿。"

于是,淳于髡走过高高的台阶,来到正殿,魏惠王已经端坐在中央。他严肃而不失热情地望着淳于髡,拱起双手说:"先生远来辛苦了,先生有什么可以教寡人的吗?"

淳于髡一揖扫地:"魏国繁荣富强,真是让人羡慕啊。"然后安静地站立不动。

这下,魏惠王多少有点吃惊,谁都知道淳于髡能言善辩,怎么会初次见面就如此少言寡语?他又看了看淳于髡,想请他发表对本国施政政策的评论,但淳于髡似乎毫无反应。

没有办法,惠王只好请淳于髡入席,欣赏音乐,享用美酒。聆听着悠扬雅致的音乐,惠王本来失落的心情慢慢变得好起来,他看了看淳于髡,发现他也在入神地听着这美妙的金石之声。

惠王想,现在估计可以请教淳于髡了。于是他挥了挥手,乐师和歌伎急急忙忙地退下,惠王开口道:"淳于先生,您有没有什么能教授我的?"

淳于髡看了看惠王,却微微一笑说:"国君,魏国的音乐实在是荡涤心灵啊。"然后还是不再说话。

这下,惠王坐不住了,他诚恳地长跪起身子说:"淳于先生,听琚让大夫说,您比管仲和晏婴都要强,可为什么寡人问了两次,先生都是一言不发?难道您是来取笑寡人的?还是我不配和您谈话呢?"

"大王息怒。"淳于髡这时才站起身来,恭敬地说道:"并非是我不肯说,而是大王您没在用心听啊。"

"什么,我怎么没在用心听呢?"魏惠王觉得很奇怪。

"一开始我来的时候,大王的心思都在那匹马上。刚才,大王又在想着那个歌伎。我这时候评论国家大事,大王怎么能听得进去呢?所以,我才沉默不语。"

惠王想了想,这才明白过来,惭愧地说:"先生真是圣人啊。刚才您来之前,我观赏的马,是寻觅了很久才得到的良驹,而这个歌伎,也是外国新送来的,我都没有听她演唱过。所以,虽然刚才和您交谈时,让所有人避让,但心里的确还在想着马和歌伎,这是寡人的错啊。"

淳于髡这才开始和惠王谈论起治国之道来。两个人专注地交谈了很久，都没有流露出倦意。通过交谈，惠王向淳于髡学习了很多治国的知识，淳于髡也毫无保留地说了自己的看法。

后来，惠王决定让淳于髡留在魏国做官，但淳于髡客气地拒绝了。于是惠王赠送给他丰厚的礼物，依依不舍地送走了他。

炼智

淳于髡看似话都没说几句，实际上，他巧妙地采取了"吸引注意"的口才智谋。

在交谈开始之前，酝酿气氛、营造氛围的步骤，是谈话者最不容易把握的。往往说话方讲得口干舌燥，自以为天花乱坠，而对方虽然貌似倾听，其实却充耳未闻。

想要让自己的口才智慧发挥作用，第一步先要将对方的注意力从其他方面吸引过来。如果对方是像魏惠王这样注意力容易分散的人，那么，适当的沉默，往往可以让他们更加集中注意力来倾听你接下来的言论。

悟理

越是想表现自己的人，有时候越无法吸引别人的注意。

不选择好时间、地点和对象，胡乱表现，那么将既损失精力和时间，也降低自信心和名誉。

善于表达，不仅需要口才，也需要等待的耐心和勇气。

烛之武说退秦军

公元前 630 年 9 月,郑国首都新郑的宫殿中,国君郑伯焦虑不安地来回踱步,身旁侍立着愁眉不展的大臣们。

郑伯在为国事烦恼,作为小国寡民的领导者,生存在战火纷飞的时代已经焦头烂额,何况这次面对的是从未经历过的危局:秦晋联军早已深入国境,现在正分别驻扎于氾水和函陵。堪称天下最强的联军,如今形成了钳形攻势,直逼郑国首都。

"唉! 后悔啊!"郑伯一声长叹,呆若木鸡的大臣们听见了,不约而同地浑身一震。

"当初,晋文公落难之时,逃经我国。是我过于小心,没敢接待他。想不到他最终即位,天天想着找我们报仇雪耻。"郑伯紧紧皱着眉头说,"还有南边那个楚国,城濮之战枉费我国对他们的支持,居然被晋军击溃……"

大臣们依然不说话,他们心里想到本国曾经臣服晋国又偷偷向楚国效忠,不由得更是一阵紧张。

郑伯一屁股坐回席上,茫然地看着殿外昏黑的天空。

目睹此景,大臣佚之狐再也忍不住,他拱手说道:"现今之计,靠打,我国完全不是他们的对手。依微臣之见,只能请出说客,去说服秦军退兵,这样,晋军也有可能随之退去,才能保全郑国。"

郑伯苦笑了声说:"我岂能没有想过这个主意,可是究竟谁才能担当这样的重任?"

"烛之武可以。"佚之狐回答道。

"烛之武? 这人我可没听说过。"

"主公，烛之武曾经担任看马的小官，现已退休，七十有余。但他素来有能言善辩、体察人心的名声，我看请他前去游说，成功的可能很大。"

郑伯半信半疑地点点头，马上让手下准备车马，去请烛之武。

在昏黄的油灯映照下，烛之武步履蹒跚地走上大殿，缓慢却恭敬地对郑伯深深施礼。郑伯打量着面前的这位老人，但见他须发皆白，手拄拐杖，佝偻着身子。想到这样垂垂老矣的子民，马上要去如狼似虎的秦军营中，郑伯不由得心生不忍。过了好一会儿，他才开口说明了自己的意图。

烛之武慢慢摇头说："主公，我年轻为官时，尚且没有什么过人之处，现在老了，更没有这个能力了。"

郑伯急切地说道："老先生，当年没有重用您，是我的失察。今天郑国生死存亡之际，还请老先生鼎力相助。更何况郑国灭亡，对您也没有好处啊。"

听见国君这样说，烛之武沉吟片刻，同意前去。

当夜，郑国士兵们将烛之武放在大箩筐中，用绳索从城楼上慢慢地放下。他一路边走边想，天亮的时候已经来到秦军大营。

巡逻的士兵很快发现了这个手无寸铁的老人，了解来意后，士兵们将他带到秦伯的面前。听说是郑国的使者，秦伯轻蔑地笑了笑，然后俯视着烛之武说："老者，你来我这里，是有什么话要说吗？如果没什么说的，大军可要进攻了。"说完，他貌似不经意地整了整身上的盔甲，冷酷的目光逼向烛之武。

烛之武并不惊慌，他缓缓说道："秦伯，我本来就知道郑国要灭亡了。这次来，只不过想抢先告诉您一点事情。"

听见烛之武这样说，秦伯有点意外，哪有一上来就承认自己输了的使者？莫非这老家伙已经吓糊涂了？他示意烛之武继续说下去。

"秦晋两国联军，势不可当，围攻郑国，郑国岂有不亡的道理。"烛之武一边说，一边观察着秦伯的反应，看见他颇为得意地高昂起头，于是继续说，"如果灭掉郑国对秦有好处，那您出兵还值得。可是，真的有好处吗？"

秦伯被烛之武这个问题问倒了，他不由自主地思考起来。

"秦国拿下郑国，想怎么样呢？难道越过晋国，把处在这里的郑国当做秦国的边境？恐怕您也知道这很难办到吧。那么，您就是在用自己的力量，给晋国增加土地了。但这样晋国的力量就会强大，秦国的国力不是等于削弱了吗？"

秦伯本来高昂的头低了下来，他觉得烛之武说的句句在理，但又不愿意马上表示同意。烛之武假装没有发现，继续说道："要是您不帮助晋国消灭郑国，同意我们郑国在东方的道路上做接待秦国客人的迎宾，对您来说恐怕也没什么坏处。更何况，晋国没有信誉，您也是知道的。我听说您曾经对晋惠公有恩，他答应割让焦、瑕两座城市给秦国，可后来一过黄河回到晋国就开始修筑对抗秦国的防御工事，难道您不记得了吗？现在，晋国如果吞并了东部的郑国，肯定又会向西方的秦国那儿扩充土地，不然他们还能往什么地方索取土地呢？您现在做的事情，让秦国受损失，帮助晋国得利。您再好好想想吧。"

说完，烛之武作势要走，秦伯立即站起来说道："老先生留步，您的确是在帮秦国设想，我们马上签订盟约。"

于是，秦军和郑国签订了盟书，秦伯留下将领帮助郑国防守，他带领大军连夜回国。听说这件事后，晋文公气得跺脚，但他毕竟不会冲动到对秦军宣战，于是晋军也随之撤离了。郑国危机就此化解了。

在貌似团结的强大敌手前，烛之武巧妙地利用双方利益需求的不同，寻找到其中的缝隙，并果断地加以夸大，结果破坏了敌人的联盟，最终为郑国找到了生存的空间。

其实，烛之武使用的是"引火烧身"之计策。在进行游说时，绝不应该从本方的利益出发，苦苦哀求对方，而应该把问题关注点转移到对方身上。如果陈述攻破郑国将造成多少生灵涂炭、流离失所，或者作出各种许诺请求停止进攻，只会让秦伯厌烦。相反，将讨论范畴扩大和转移，站在为对方利益考虑的立场上，直接说出秦伯加以关注的问题，引发他的危机感，才能带来事情的转机。一个面临亡国之危的小国使臣，面对大国的君主，却能够不卑不亢，从容辞令，既不刺激对方，又不失本国尊严，语言的分寸，掌握得恰到好处。

悟（理） 　秦国对郑国的战争，看起来只对郑国有害，但实际上，也包含了对秦国的隐患。无论处于何种环境，看诗和分析事物都不能用单一思维，而应该多侧面地进行价值分析。如果我们能发现同一件事物带来的不同影响，将能更好地评价和掌握其特点。

晏婴阳奉阴违巧救人

深夜,齐国高大的宫墙中,鸦雀无声,宛如死一般沉寂。

侍从们小心翼翼地退出宫门,留下齐景公和晏子对坐在席上,华丽的烛台上,正摇动着闪烁的烛光。

齐景公少年流离,是在重臣的内乱中登上了统治高位。经历过政治风浪,看惯了腥风血雨,因此他虽然年轻,却显得格外老成。此时,他的眉毛紧紧地纠结在一起,收缩的瞳孔内,折射出对面烛光下晏子的身影。良久,齐景公首先打破了沉默:"先生夜晚来见寡人,是否和白天那个养马人有关?"

对面那个人正是著名的晏婴,他已经是齐国的三朝元老,在朝野上下享有很高的威望。现在,身躯矮小的他,端坐在齐景公的对面,发出即使是国君都不能小觑的气场。

听见齐景公问话,他俯身拱手,然后恭敬地回答道:"是的。臣刚从外回来,听说主公您的养马人养死了您的良驹,因此特来看望主公。"

"哼!晏相提起此事,寡人心中就充满愤怒。此马是鲁国国君所赠,日行千里,夜行八百,寡人田猎游玩,无不跟从。谁知道这家伙是如何照料的,居然让它死了。你说,这养马小官,焉能无罪!"齐景公越说越愤怒,声音也不由自主地高了八度。冰冷的声音传到殿外,佩剑的勇士听见也不由得哆嗦了两下。大家都知道,当齐景公失去了平时的风度,发出如此响的吼声时,意味着有人要和这个并不算美好的世界说再见了。

但晏子并没有什么反应,他那其貌不扬的脸上,始终保持着平淡刻板的表情,在昏暗的光线中让人无法仔细端详。等齐景公情绪平复下来后,晏子接着问:"那么,主公,请问这个养马小官该如何处置?"

齐景公冷笑了一声:"让寡人如此难过,当然要处以分尸肢解之刑,明天就执行!"

"好,"晏子拜伏在席上,"那么微臣斗胆,明天前去监刑,以宣示主公的威信。"

齐景公没再说什么,点了点头。

第二天,艳阳高照,齐国宫殿内的广场上,站满了盔甲鲜明的武士。旗帜在风中猎猎飘扬,广场前的矮台上,站着齐景公和一帮侍从。

"启禀我主,"侍从恭顺地跪倒在地,"行刑时刻已到。"

"动手!"齐景公咬牙切齿地说道。

武士们推推搡搡地将养马的小官带了上来。他本是一个精壮的汉子,现在已经衣衫褴褛,步履踉跄地被铁链锁着押到广场前。还没有站定,他就扑通一声跪倒在台前,向上磕头如捣蒜:"主公,小臣知错了,小臣愿全家为奴,只求饶小臣一命!"

凄惨的哀鸣让所有人于心不忍,但齐景公如同什么也没听见,他侧过头问身边的侍从说:"监刑的晏相,怎么还没来呢?"

侍从正想着如何回答,晏子那低沉的声音在台下响起。齐景公手扶汉白玉的栏杆向下看去,看见那个熟悉的老人不知什么时候站到死囚的前面。他一手指着继续磕头的小官,一边怒喝道:"你这蠢材,胆敢养死了主公的良驹,岂不该是死罪吗?来人——"

"在!"应声而上,来了两名高大的武士,将已经满脸鲜血的养马官轻而易举驾了起来,纵使他不停反抗,也毫无作用,只能听凭绝望的泪水肆意横流。

"主公!"晏子向台上禀奏道,"罪犯已经带到,不知处以何刑?"

齐景公看了看台下,暗自想到,晏婴果然是老了,昨天已然说过处以肢解之刑,怎么今天又忘了。于是他说道:"肢解!"

"是!"晏子转过身面对武士。大声问道:"肢解的方法,你们会吗?"

武士们内心很同情小官,他们面露难色。

晏子又问了一遍,武士们还是直晃脑袋。于是晏子大声地说道:"你们身为武士,怎么连这种事情都不知?难道你们没有学过,古代尧舜肢解罪犯的时候,是怎样做的?"

这话音清晰地通过空气传到齐景公那儿,像针一般刺痛了他的耳膜。尧舜?那可是上古的明君,是自己从小跟随师长学习时崇拜的楷模。他们上敬天地父母,下爱黎民苍生,他们怎么会肢解罪犯呢?而自己,又什么时候变成这样冷血的君主了?

但这个念头一闪而过,齐景公脸上因羞愧泛起的红晕也迅速退去,他无奈地对台下的晏子说:"既然武士们不知道,那就把这小官交给狱卒处死算了。"说完,齐景公打算离开这是非之地,因为他隐隐约约预感到晏子一定还有什么要说的。

果然,晏子施礼说道:"主公留步。这人的确该死,不过,如果不彰显他的罪过,他临死也不清楚,其他官员人等也没办法明白,不如让我在此数说他的罪状,以便明正典刑。"

齐景公听说晏子同意执行死刑,准备迈动的脚步便停下来,于是晏子指着已经吓傻了的小官说:"你有三大罪状该死,第一,国君让你养马,你却把马养死了。第二,死掉的马是国君最爱的马。第三,你养死马不要紧,却让国君因此而杀人,老百姓听了一定会埋怨国君不讲道理,诸侯听了,一定会看不起我们齐国。你的行为让老百姓怨恨国君,让邻国瞧不起我们,你说,你是不是该死?"

小官茫然无言,武士们相顾失色,晏子的这一番话,犹如当场点燃了紧张的空气。所有人的目光转向了台上的齐景公,但见他脸上一会儿白,一会儿红,细密的汗珠从额头上渗出来,他想到晏子说的前两大罪状根本不能判处死刑,而最后一条"罪状"明明是自己犯下的错误,便越发心虚。于是他无力地摆了摆手,说:"晏相,您又教了寡人一次。请把这小官放了吧,不要让寡人和齐国丢失了仁爱的名声。"

晏子跪拜下来,高兴地说道:"主公英明,齐国之福也!"身后,跪倒了一片武士和随从,自然也有那个因为获得重生喜极而泣的小养马官。

炼智 齐景公因为养死马的小错就要用肢解的酷刑杀人，这当然是错误的，任何正直的大臣都会提出否定的意见，以尽到进谏的义务。

然而，晏子并不是直接告诉齐景公这种做法违反了道德、破坏了法治，而是采用了"正话反说"之计说服他。晏子采用自告奋勇监刑的方法，让齐景公看见他"支持"的立场，放松了对其言论的"警惕"；接着故意用逻辑上的归谬法，把齐景公杀人的错误归入矛盾中，导致了他内心的反思；最后用这种错误带来的结果，警示了齐景公，并达到解救小官的目的。

悟道 世间万物看似不同，其实又会相互关联和转化，在一定条件下形成对立的统一。

运用正确方法，能够促进事物积极向其矛盾方面转化，而固执于单一态度，或坚持以某种方式处理问题，都不是最佳的人生哲学。

触龙说服赵太后

公元前 265 年的战国时期，赵国的后宫中，赵太后正在发泄她的怒火。

"滚，你们都给我滚！要是再有人来劝说，我就吐他们一脸口水！"

随着赵太后的怒吼声，几名狼狈的大臣慌慌忙忙地退出了宫殿。

这是赵国的第三批大臣被赵太后驱逐出宫了。

事情和秦国最近的动向有关。前不久，赵惠文王突然去世，年少的太子丹刚刚被拥立，只能暂且由太后执政。看准了这个机会，野心勃勃的秦王发动了由大将王翦统帅的攻势。

赵国大臣们听说如此强大的秦军前来进犯，自然个个忧心忡忡，他们纷纷提出向东方的齐国请求救兵。然而，派出去的使节回来汇报说，齐王提出，要用长安君做人质，才能发兵。听到这个条件后，执政的赵太后一口否决了："我只有这个小儿子，他还是过世的惠文王的幼弟，我怎么能随便让他去遥远的齐国当人质呢！"她以此为借口，赶走了一批又一批去宫中进谏的官员。

几名大臣刚被赶走不久，外面又有人报说触龙前来拜见。太后一听，觉得又是来进言，顿时将脸放了下来。但转念一想，又可怜他是赵国的老臣，便同意让他进来，自己则端坐在殿上气呼呼地等他。

触龙是赵国著名的大臣，有着很高的威望，此时他已经鬓发斑白，走上大殿之后，他便开始迈着碎步急速地小跑到太后跟前，然后道歉说："太后，我的脚病最近又复发了，快跑起来都不行。因此，很久没来看您，又担心您的贵体有什么不舒适的

地方,所以今天特意来拜望。"

太后听说只是向自己询问身体状况,戒备意识不由得放松了:"你还能小跑,我只能坐车出门了。"

触龙说:"哎呀,那您每天的饮食如何呢?会不会有所减少?"

太后说:"也不能吃什么,喝点稀粥而已。"

触龙感慨地说:"是啊,人老了,就不喜欢吃什么美味了。我现在只有每天走三四里路,才能增加点食欲,身体也舒服点。太后不妨试一试。"

"我做不到呢。"这样说着,太后的心情渐渐好点儿了。

"其实,这次来是想向太后求一件事情,就是我最小的儿子,不太成才,而我又最疼爱他。我觉得他也不能当官,只想给他求一个卫士的名额,让他保卫王宫。太后您看可以吗?"触龙话锋一转说道。

太后点点头说:"可以。多大了?"

"十五岁了。"

"年龄是不大,怎么,你们大男人也疼爱小儿子?"

"当然了,比妇女还要厉害。"触龙一本正经地说道。他那肯定的样子让太后哑然失笑,说道:"哪有妇女厉害啊!"

"但是我觉得,您疼爱女儿就比小儿子长安君还要厉害。您看,您女儿出嫁到燕国,您还拉着她哭泣,担心她远嫁。但一到祭祀祖宗时,您还是要为她祈祷,希望她在燕国能生儿育女,千万不要被休而回国。您看,您不是很爱她吗?"

太后听了很动容,想到自己的女儿,说:"是啊。"

触龙接着说:"不过,我觉得您对长安君就没这么疼爱了。"

"为什么会这么说呢?"太后大惑不解,她觉得自己无论在衣服饮食,还是给予的封地和俸禄上,对长安君都无比优厚。

触龙显然看出她的心思,继续说道:"太后,您看,各国国君的子孙,只要是被封侯的,他们接下来的子孙能不能还获得高级的爵位?"

太后说："这种情况不多。"

"的确是不多。难道国君的子孙就一定缺乏才干和德行吗？当然不是。这是因为他们地位尊贵，却没有建功立业，俸禄丰厚而无所事事，这样，个人占有的东西就太多了啊！"

看着赵太后频频点头，触龙继续说道："现在您把长安君在国内的地位提得太高了，可是长安君迟早要长大，将来怎样在赵国站住脚跟呢？我觉得您不为长安君计算长远利益，只考虑现在，所以我认为您不够疼爱他。"

太后低下头想了一会儿说："先生说得对，是我考虑少了。这样吧，听凭你来指派长安君。"

几天后，赵国出动了一百辆车子的队伍，将长安君护送到齐国做人质。很快，齐国的军队浩浩荡荡出发，赵国终于免除了一场巨大的危机。

触龙说赵太后的成功，同他所使用的"侧面进攻"论辩智谋不无关系。

在对方严重反感你的论点时，急于阐述论点是不明智的，这会导致对方情绪愈加烦躁。因此，采用触龙这样的"侧面进攻"方法，化解对方的警觉，平复他们的情绪，再将论点进行"包装"以后慢慢传递，最终让对方观察到事情的本质，这才是最合适的说辩方法，也是充满智慧的口才能力。

人们习惯用大众思维看待事物，先入为主地认为对象都是一成不变的。

学会从事物的另一面入手，把自己放到对方的位置去发掘和探索，才能有更多收获。

无论人或事，都在不同体系中扮演着不同角色，拿捏准定位，利用现实差距，将能帮你找准破解问题的关键。

"海大鱼"三字之辩

春秋战国时期,齐国的薛城属于齐威王的小儿子靖郭君田婴管辖,最近,他不知道听了谁的主意,开始扩建起薛城的城防来。车辆和民夫络绎不绝地从各个方向集中到这个城池,来来往往地搬运着石块和土方,显现出一片繁忙的景象。

一群田婴的门客走过开始准备修建的城墙下,议论纷纷。

有人说:"唉!主公这样不经过齐王同意,就随便增修城防,实在是很难让人放心。"

"是啊,"另一位门客说,"太危险了,主公为什么如此固执?我们应该为此进谏啊。"

又有人插嘴说:"可是,前几天主公出了通告说,如果再有人为这件事情进谏,就要处以极刑,谁敢拿自己的性命开玩笑?"

这句话一说,众人都安静下来,想到田婴那喜怒无常的性格,不由得都从心中泛起一阵寒意。

"哈哈哈!"突然一个陌生的声音在人群后响起,众人回头一看,原来是个刚刚成为门客不久的少年。他自信地笑着,似乎早已成竹在胸:"其实,我只要三个字,就能说服主公放弃这次的扩建。"

众人先愣了一下,接着纷纷嘲笑起来。

"你太自不量力了!"

"说梦话呢!"

"是真的,"少年认真地回答说,"不信,各位可以同我一起去主公府门前等候消息。"

较真儿的门客果然纷纷跟着这个少年来到田婴府前，他走到门口执着戈矛的卫兵面前，说道："可以帮我把这三个字传递给主公吗？跟主公说明一下，我只说这三个字，多一个字，宁可杀头。"说着，掏出一张薄薄的绢帛递给士兵。士兵看了看上面的字迹，觉得莫名其妙。

　　"请不要奇怪，麻烦您送进去就行。主公一定会因此而赏赐我，我也可以分给你一些了。"

　　士兵听了半信半疑，便将绢帛送进府中。其他门客伸长了脖子等待着，一炷香的工夫过去了，田婴熟悉的声音竟然真的在府门口响起。

　　"什么人写的这三个字？"他高大的身躯站在台阶上显得更加伟岸。

　　"主公，是我写的。既然您拿到了，我就可以放心地走了。"少年微微欠身施礼后，转身就要离开。

　　"站住，说清楚你的意思。"田婴威严地命令道。

　　少年流露出害怕的样子说："主公，我不敢以死为儿戏！"

　　"但说无妨，我恕你无罪。"田婴只想明白真相，脱口而出。

　　"那好，我便说了。您听说过海里的大鱼吧，渔网也好、鱼钩也好，对它都毫无办法。可是，只要它因此而得意，离开了海水，来到岸上，就算是小蚂蚁也可以咬它欺负它。"

　　田婴慢慢点头说："是，可是这跟我有什么关系？"

　　"您就是大鱼啊，齐国就是您的大海，如果您永远在大海里，要薛城这一滴水有什么用？如果您失去大海的信任，就算把薛城修得再坚固，又怎么样呢？"少年铿锵有力地说道。

　　"是啊，说得好！"田婴回答道，"就停止扩建城墙吧。"

　　这样，薛城的扩建便就此停止了，众多的门客终于不再担忧。有人偷偷地去问那个士兵，究竟少年在绢帛上写的是什么字，士兵神秘兮兮地说道："正是'海、大、鱼'这三个字啊，主公听惯了长篇大论，当然因此感到奇怪……"

倘若少年和原先的门客一样，洋洋洒洒说上长篇大论，会让田婴厌烦，而无法达到目的。少年采用的是"凝聚论据"的口才智谋，即将自己的论据和论证，通过最简单的几个字表现，一针见血的同时，又给人无限的想象，多了一份回味和思考的空间，这样，才最终达到了成功说服对方的目的。我们不妨在日常的辩论过程中也学习该方法，让自己表达得更精练、更富有力量。

世界上的事情有简单也有复杂，把复杂变成简单是一种智慧。

问题被提炼，就容易表现出本质，解决问题的力量才能因此而集中，做出准确的一击。

苏秦给"诚信"定罪

炎热的下午,燕王心情也相当烦躁,他翻来覆去地看着自己手上大臣们的上书,这是第几份怀疑苏秦的上书,燕王自己也记不得了。

"苏秦,到底是不是诚信之人呢?"燕王长吁一口气,似乎有无穷的烦恼。真希望苏秦早些回来,当面给他一个交待。

苏秦是战国时期有名的外交家,曾经游历多国,立下过不少奇功,有着很强的人脉和威望。有人说他"一怒而诸侯惧,安居而天下息",就是说苏秦发怒诸侯都会恐惧,而他如果安定下来,那么天下都会得到安宁。可见,苏秦一人的力量和影响,足以抵得上一支军队。

之所以大臣们对苏秦有各种担心,是因为苏秦代表燕国出使齐国,拿回了十二座城池,功劳盖世,让大臣们相当嫉妒。然而,说这样的苏秦会里通外国,燕王自己也不相信,但大臣们的上书像雪片一样飞来,纷纷声讨苏秦,说他非常多变,很可能不忠于本国,留下来一定会后患无穷,这又让燕王不得不怀疑起来。真是众口铄金,积毁销骨啊。

正在此时,有侍官从门口走进跪下禀奏道:"大王,苏大人回来求见大王,已在宫门等候。"

"快请进。"燕王从沉思中醒来,连忙传达了命令。

苏秦快步走进殿内。他三十多岁,机敏的双目像苍鹰一般睿智而深邃,遥远的旅途虽然让他略显疲惫,却掩盖不了他身上的才华和气质。

"大王,臣一回来就听说,有不少大臣上书怀疑微臣的忠诚。其实,臣本来只是个身份卑微低下的普通人而已,蒙大王信任才能为官。如今,我为燕国讨回城池,不要求什么奖赏,反而还多了这些不信任,这……"

燕王有点尴尬,说道:"不会吧,寡人并没有不信任你。"

"不,大王。"苏秦坦率地说道,"我的不诚信,其实是对大王的好事情!"

燕王被这样的话给弄懵了:"你这是什么话?"

"的确是这样,大王,不知道您有没有听说过,一味的诚信,其实是为了自己的名声,狡猾的进取,才会帮助他人实现利益。微臣把母亲留在故乡,自己代表燕国去齐国游说,讨回了城池,这不就是舍弃自己的诚信,用狡猾来为别人获得进取吗?如果微臣不是这样,而是像曾参那样孝顺,像尾生那样讲究信义,像伯夷那样有气节,大王你会如何?"

"那,寡人应该很高兴吧。"燕王顺着话说道。

"我觉得并不是这样。如果臣是曾参那样的孝子,那么就不会把老母留在家里,只身前来为官出使;如果臣像尾生那样讲究信义,就不会把已经给别国的城池,再索要回来;如果我如同伯夷那样有气节,就宁愿穷死也不会出来做官了。大王,我就是因此觉得诚信也是有罪的啊!"

"胡说啊。寡人才没听说过诚信也有罪过!"燕王还是不相信。

苏秦说道:"那我不妨说一个故事。从前,有个男人常年在外面,妻子却在家和邻居私会。后来,男子要回家了,妻子很害怕,便准备了毒酒要给丈夫喝。男子回家以后,妻子让小妾把酒端给丈夫,小妾不想害死男子,也不敢明说,只好故意打翻了毒酒。结果,这个男子不仅不感谢小妾,还很生气地惩罚了小妾。

"臣自己就是这样的小妾啊……"

燕王听完故事,和前面的分析联系起来想了想,终于恍然大悟,向苏秦道歉,并从此更加重用他了。

苏秦在进行阐述的时候，主要采用了"以退为进"的口才智谋。先是主动承认燕王的观点正确，从而降低了他的警惕，并引起他的好奇，这样，苏秦接下来说的才会更有吸引力，让燕王继续听下去。

接着，苏秦对"诚信"进行了自己的解释，虽然表面上说自己不诚信，实际上无处不体现出对燕王的诚信。最后，燕王终于被苏秦说服，承认了他的观点是正确的。

 有人选择长远名誉，也有人选择实际利益，两者似乎不可调和，但其实两者也可以完美和谐地共存。

具有良好的诚信名誉，我们才能更好地实现人生价值，获得实际利益；而能够为他人创造足够的利益，则更利于建立个人良好的信用。

蔡泽凭口才拜相

刚到中午时分,咸阳城丞相府附近的一家小酒店,突然来了个不速之客。他穿着破旧的衣服,走到柜台前,高声地对里面呼唤道:"老板,快拿好酒好菜过来,我以后当了秦国的丞相,你一定会大赚一笔。"

老板没好气地看了看这个穷汉,不耐烦地说:"你是谁?居然还想当秦国丞相?我们丞相范睢大人,虽然年纪大了,但才智过人,大王也非常信任他。你小心被他听见这样的疯话。"

老板还没说完,穷汉已经扬长而去,到下一家店说起疯话来。整整这样折腾了一条街,穷汉才回到自己暂住的窄小的旅店,还没进门,便看见旅店老板已经等在自己的房间门口。

"蔡泽,"老板直呼其名,"你的房钱也该交了吧!"

"老板,很快就有人请我去当丞相了!到时候,把所有的房钱加倍还你!"

老板一下皱起眉毛来说:"蔡泽,你是不是真的穷疯了?"看蔡泽没有回话,他摇摇头,叹着气离开了。

过了几天,小旅店内来了几名士兵,他们带走了蔡泽,直接来到了不远处的丞相府。在相府的大堂内,当朝丞相范睢正高傲地坐在席上。

范睢是秦国的肱股之臣,早年家境贫寒,后来历经磨难,成为了秦国丞相,辅佐秦昭王。范睢继承了商鞅变法图强的志向,因此深受秦昭王的信任。即使现在年纪大了,也依然有不怒自威的气概。

"想取代我的位置的，是你吗？"范雎厉声喝道。

蔡泽不卑不亢地回答："是的。"

"那么，你凭什么能坐上我的位置？靠嘴巴说？"范雎不屑一顾地问道。

"哎呀，相国，一年四季总是交相更替，上上下下，成功的人就要退让，成长的人就要上去，这不是自然规律吗？你应该退下了。"

"我不退！谁能让我退下呢？"范雎相当不高兴地说道。

"丞相，人在年轻力壮和才智灵活的时候，想辅佐君王，建立功业，成为英雄，这是人之常情。不过，既然已经得志，而且年纪大了，就应该享受享受成功果实，安享自己的晚年，并且让自己的美好名声流传后世，这不是很好的选择吗？为什么非要像以前秦国的商鞅、越国的文种那样，因为不肯退休，遭遇最后的悲惨结局？难道您会做这样的人？"

范雎不得不承认这个人不简单，但是，他转念一想，这只不过是圈套而已，想利用自己的利益关系来说服自己罢了。于是，范雎微微一笑，反驳说："这有什么不愿意的？商鞅让秦国变得强大，增加了土地；文种则帮助越国从弱变强，还吞并了吴国。他们虽然后来都被杀害，可是名声却传扬了下去，我又为什么不做这样的人？"

看着范雎忽然唱起高调，蔡泽心里有点儿把握了，他接着说道："相国这话，我不同意。从古到今，如果只有好臣子，没有贤明君主，那么国家是不能强大的啊。商鞅和文种，他们遇害可不是自己内心的想法，而是遭遇的不幸啊！所以，我觉得，世间的男子，既能够保全性命又有好名声的，才叫第一等成功；而有了好名声，却不幸死去的，只能叫第二等了；当然，如果名声败坏又苟活着的，这就是最下等了啊。不知道相国要做第几种？"

"这……"范雎站了起来，不安地说，"你说得有道理，有道理啊！"

蔡泽继续问道："您刚才既然说要做商鞅和文种，那么，您觉得现在秦王给您的信任，比起那时候的秦孝公给商鞅的信任又怎么样？"

范雎当然不敢回答，只好支支吾吾地说道："不知道。"其实，他内心当然知道，现在的秦王已经对他越来越不信任，自己面临的压力越来越大。

蔡泽也不愿直接点破他,继续问道:"那么,您觉得自己比商鞅、文种如何?"

"不如他们高明。"范雎这时候已经没有了骄傲的样子,老实地回答说。

"那么,您就危险了,相国!秦王给您的信任不如秦孝公,而您的功劳也不高过商鞅,可您的俸禄和权力还超过了他。那么,您就不怕遭到他那样的飞来横祸吗?要知道,相国今天的富贵已经到达了最高点,如果再贪恋权力,不愿意退休,恐怕商鞅、文种那样的危险就快要到来了。您为什么不能在这个时间上,及时交出相位,推荐更有才能的人担任?这样,您既不用担心遭到秦王的嫉恨,也可以获得让贤的美名,安享晚年,有什么不好的?"

这一席话说得范雎如梦初醒,他马上请蔡泽坐到了上席,自己深深施礼。第二天,范雎就上书表示想要回家养老,并推荐了蔡泽。

听说范雎打算退休,秦昭王表面上惋惜,心里却松了口气,同意了他的请求。而拜见秦王的蔡泽对答如流,更让秦王非常欣赏,于是他欣然下旨,宣布蔡泽成为秦国的新一任丞相。后来,蔡泽在秦国待了十几年,先后奉事昭王、孝文王、庄襄王,最后辅佐秦始皇,为秦国平定天下做出了重要贡献,成为历史上有名的能臣。

在面见大人物提出建议的时候,我们应该采取怎样的劝说方式?畏畏缩缩的表达态度和含糊其辞的说话内容,都不能足够吸引对方的注意力,与其这样浪费宝贵的时间和机会,不如像蔡泽那样,给大人物"制造危机感",从而让他们愿意倾听说话者提出的意见。

"制造危机感"不是胡说八道,应该建立在事实的基础上,只有真正贴合现实环境、贴近说话者处境的话,才能激起谈话对象的注意,以便让谈话对象更深刻体会到自己的危机,从而采用说话者的提议。

有才能的人虽然应谦虚谨慎,并不一定必须低调,相反,注意自我表现的正确方式,抓住一切机会来宣传自己的个人品牌,不遗余力地进行自我表现,方能拓展自己的知名度。

"酒香也怕巷子深",不自我展示的人,只能慨叹时运不济,很难获取更多的机会。

陈平自信辩诬

汉军的营地已经点起了灯火，倘若从远处的山坡望过去，同夜空中的点点繁星连成了一片。营地外的山脚下，全副武装的武士在来回巡视，手中持着的戈矛，在清冷的月光下反射出带有寒意的光芒。

汉军主营中，汉中王刘邦正坐在案前，同周勃和灌婴饮酒谈话。这两位手下从沛县开始就跟随刘邦，推翻了秦王朝，眼看着项羽后来居上，凌驾在自己主公之上，一直颇为不平。如今，刘邦从汉中出征中原，和项羽争夺天下，他们更是摩拳擦掌，想给主公以有力的支持。

"主公，"周勃咕咚一声喝下一大口酒说，"小的听说，魏无知日前给我军推荐了一位谋士叫陈平。敢问主公，您知不知道陈平的事情？"

说完，周勃看看刘邦的脸色，偷偷向对面的灌婴甩出一个眼色。灌婴会意，也接着附和道："是啊，主公，来路不明的人，您可别随便重用。"

"哎——，你们多虑了，这位陈平先生很有见识，我对他非常赞赏，今后他必定能给我们汉军出一份力。来，喝酒。"

刘邦毫不在乎地说着，示意继续饮酒。

灌婴有点急了，他皱着眉毛看向周勃。本来，今晚是周勃提出来找刘邦，而灌婴之所以一口答应，就是想好好丑化一下陈平。自从陈平来到军中，刘邦对他言听计从，已经超过了对许多老部下的信任，这样下去，风头就要被陈平抢完了。

周勃赶紧说道："不是啊，主公，您听说过吗，陈平这家伙，在家乡的时候可是无

中国青少年智慧阅读书系

025

恶不作,和嫂子的关系暧昧,还收受别人的钱财……"

"是啊,"灌婴也鼓起勇气说,"我还听说,他到了咱们军中,也接受了将领的钱财!更何况,他投奔我们之前,还投奔过魏王和楚王……"

"就是,这种人,怎么可以重用呢?"

"当然,主公,我们担心啊……"

两个人你一言我一语,不禁让刘邦重视起他们的话来:"有这种事情?明天我一定好好盘查一下。"

听见主公这样说,周勃和灌婴脸上露出了如释重负的神色,看来,赶走陈平的日子不远了。

第二天,刘邦将推荐陈平的魏无知传到帐中。

"魏无知,"刘邦冷冷说道,"我听说,陈平这人品德不端,还收受别人钱财,这些都是真的吗?"

刘邦如此直言不讳地询问,魏无知并没有慌张。他沉稳地回答说:"大王,您让微臣推荐的是人才,而没有让微臣去考察他们的私人品德。如今,天下楚汉相争,如果大王找来的下属,全都是私人品德良好而没有政治军事计谋的人,如何能够击败项羽呢?陈平他上知天文、下知地理,精通军事、谍报、政治、外交常识,能够任用好他的话,对我军有很大帮助啊。"

刘邦想了想,觉得魏无知说得不错,但他还是不放心,又传令叫来了陈平。

陈平来到帐中,刘邦看了看他坦然的神情,觉得再问他的那些私生活问题也不妥。于是刘邦换了个话题问道:"先生一开始是为魏王做事,后来又投奔了楚王,最后才投奔我,先生的行为,让我有点放心不下啊。"

陈平不慌不忙地解释说:"臣当初在魏国,魏王不听臣的计策;投奔了楚王,楚王只知道任用亲信。为了寻求明主,我才投奔了您。远路迢迢,赶来以后身无分文,无法生活,才接受了别人的钱财资助。如果大王您觉得我计策有用,那就继续留用我;如果觉得没用,那我愿意献上所有钱财,离开汉军。"

听见陈平要走,刘邦有点慌,他连忙站起来说:"先生不可,这只是故意试探先生的玩笑罢了。请坐,请坐……"

三人在大营中谈到深夜,陈平谈了很多对汉军的看法。刘邦对陈平更加刮目相看,第二天便正式任命他为护军中尉,后来,再也没有任何关于陈平的谣言出现了。

在陈平等谋士的辅佐下,刘邦取得了天下。陈平一直辅佐刘邦治理汉朝,后来在汉文帝时,还成为了汉朝的丞相。

无论那些传闻是真是假,对陈平来说都是很不利的,在封建社会中,面对这样的指控,很有可能陷入到身败名裂的局面。但魏无知和陈平先后的精彩口才智慧,化解了这一危机。

首先,魏无知运用了"寻找对方需求"的谈话计谋。

在谈话中,我们不应片面地站在自己的立场上,强迫对方接受我们的观点,而应该主动站到对方的立场上,发掘他们最大的需要。作为汉王的刘邦的确需要自己手下有美好的名声,但目前最需要的则是能战胜项羽的能力,因为前者影响的是发展,而后者影响的是生存。因此,当魏无知说穿这一点的时候,刘邦也就翻然醒悟了。

随后,陈平运用了"自抬身价"的口才智慧。

相同的情况,在不同思维、不同侧重的描述下,会体现出不同的含义。比如,陈平先后投靠三方势力,在周勃、灌婴的解释下,是轻于去就和反复无常,但陈平的解释则是自己慎重地考察领导,才能保证事业能获得成功。同时,他并未奴颜婢膝地请求留下,而是摆出是走是留的选择题给刘邦。结果因此很快获得了刘邦的信任。

人性是立体和复杂的,不同的环境会带给人们不同的经历,造就他们不同的性格特点。

不要过于苛求别人的完美,实际上谁也做不到。

学会看人的本质,充分学习和利用他们的优点,才能和谐相处。

蒯通善言免死

"蒯先生，今天，皇上要亲自审问您。您可要做好准备啊！"

小吏从牢房的栅栏间递上早饭，担心地说道。

被称为蒯先生的，是汉初著名的名士蒯通，他曾经活跃在反抗暴秦的政治舞台上，但不久后就无声无息。据说，他因为得不到任何一方势力的重视，而选择了隐居。前不久，他刚刚被捕，关在这森严的监狱中。

蒯通知道，这次审问很可能决定着自己的生死，他微微一笑，接过餐盘说："生死由命成败在天，连韩信这样的国士都死了，我又何必过于担心呢？"

小吏无言以对，摇摇头，叹息着走了。

事情的起因还要从公元前 196 年的春天说起，正是几个月前，从长安城里传出消息，淮阴侯韩信因为计划谋反，被萧何诱入宫中，吕后下令将之斩杀于长乐宫的钟室。随之，韩信家族被满门抄斩。

一时之间，朝野震动，官民议论纷纷，唯恐危险会扩大到自己身上。不久之后，悬赏捉拿韩信余党的布告就传遍了天下，在每个县城都图形画影，捉拿那些曾经帮助韩信的人。其中，位列第一号的就是蒯通，不久之后，他就被捕快擒获，押送到长安，被严密地看守起来。

小吏走出监房，看了看日晷，知道不久就要从牢房提出蒯通送往皇宫讯问了，想到这位和善的老先生很可能一去不回，他忍不住又是一阵嗟叹。另一名壮硕的狱卒走到他身边，不解地问道："蒯通这种叛贼，你何必对他如此照顾呢？"

"非也,你知道什么。"小吏认真地说道,"蒯通先生可不是一般的人物,秦朝末年,他就初露锋芒。靠自己的三寸不烂之舌,说服范阳县令徐公,一举拿下了三十多座城池。后来,他又到了韩信帐下,据说,还劝说过韩信背叛当今皇上,和项羽、皇上三分天下……"

"真有这回事?他怎么说的……"狱卒好奇起来问道。

"嘘。"小吏示意他小声,然后左右看了看,确定没人才说道,"我也是听说的,据说,蒯通当时曾经跑去给韩信看相,说看他的正面只有王侯之命,要是他反过来,贵不可言。"

"反面……啊?是这样!"狱卒恍然大悟说,"那现在皇上还能饶了他?"

"是啊,是啊……"小吏没敢再说什么,他转移话题说,"我们得准备准备,马上要送蒯先生进宫。"

一个时辰后,蒯通已经被带到长乐宫的殿上,他虽然戴着刑具,却恭恭敬敬地朝端坐在中央的刘邦行了大礼。

"你就是蒯通?"刘邦那冰冷的声音,听起来像来自于寒冷的漠北。这些年,刘邦发现自己真的老了,他开始变得越来越不愿意相信别人,甚至是曾经和自己一同出生入死的兄弟。究竟是当年浴血奋战的时候活得更加充实,还是现在玩弄权术的时候更加伟大?刘邦自己也回答不出来。

"小人正是。"蒯通不卑不亢地回道。

看见殿下的囚徒并不害怕,刘邦有点气愤,但他克制了自己的情绪:"朕听说,你曾经劝说韩信背叛我吗?"

"的确有这回事啊。"蒯通坦率地说:"小人的确让他这样做,但这小子不听我的计策,才落得身首异处。如果他听了我的计策,陛下恐怕不一定能杀得了他!"

"什么!"刘邦站了起来:"朕要斩了你!"

"皇上,小人冤枉啊!"蒯通故作惶恐地喊道。

"你劝说韩信反叛,朕杀了你,你有什么冤枉的?"刘邦没想到蒯通居然在自己

面前喊冤叫屈，不禁脱口问道。

"当年，秦朝政治腐败，天下大乱，各种势力都想寻觅获得成功的机会，但只有才干和德行都完美的人才能率先抢到。"蒯通回忆起来。刘邦被他这么一说，也想到自己当年从小小的沛县起家时创业的艰辛，感到他说的的确没错。

蒯通继续说："古代有个大盗叫跖，他有条狗，看见明君尧就会吠叫，这并不是因为尧没有仁德，而是因为那狗只认识自己的主人。当时，小人只认识韩信，没有机会认识陛下，所以才劝说他去争天下。而且，当时和陛下一样起兵，吊民伐罪，企图争夺天下的人也很多，只不过因为比不上陛下而已，陛下不能把这些人统统杀完吧。"

说完，蒯通沉默地跪着，一副等待裁决的模样。

刘邦忽然哈哈大笑，声音也变得洪亮起来："蒯先生，很多年了，从没有人像你这样坦率地和朕说话。朕看在这一点上，便赦免了你！来人，给蒯先生卸下刑具。"

于是，蒯通靠着自己的口才，从死亡线前安全返回。

在漫长的封建社会中，参与谋反无疑是最危险的罪名，几乎从没有失败的谋反者逃脱死罪，而蒯通则属于一个特例。究其根源，巧妙的表达方式，采取了"坦率+理解"的智谋，是蒯通逃脱的重要原因。

面对已经位居高位、极少相信别人的刘邦，如果蒯通拒不认罪，相信一两句话之后就会被处死。相反，他根本不回避谋反的事实，以坦白的态度引起刘邦的注意，接着极力贬低自己、抬高刘邦，并从环境和动机出发，让刘邦理解他的苦衷，明白他的"罪行"只是不得已而为之，并非针对其个人。最终，他赢得了宝贵的自由。

"坦率+理解"的口才智谋，运用起来必须同时注重"坦率"和"理解"两个方面，想要别人理解，就一定要坦率，而只有坦率，才能得到对方的理解。与其故意遮遮掩掩、文过饰非，不如直接解释，令对方信服。

人生中，我们难免会做出错误的选择，做出一些"糊涂"的事情。重要的是，我们如何去弥补错误，处理麻烦。绝口不提、视之无物，都不是正视错误的良好心态，会失去别人的信任，扩大错误造成的裂痕。

刘秀奇论守昆阳

公元 23 年,天下的局势如同滚水一般沸腾着。

灭亡了西汉的王莽,建立了自己的政权——新朝,然而,由于他推行政策的失败,导致民怨沸腾,加上天灾人祸,让老百姓难以生存,爆发了大规模的农民起义。其中,以绿林军起义声势最为浩大。身为汉朝皇族的刘秀,也加入了这支名震中原的部队,文武双全的他深受义军中普通士兵的爱戴,有着很高的威望。

现在,刘秀正独自站立在昆阳城头,眺望宛城的方向,那里正被起义军主力集中围攻,而远在长安的王莽闻听消息后,派出了大司徒王寻、大司空王邑,统领号称百万的大军来征讨。据说,除了精兵和猛士之外,还有精通兵法的几百名谋士、驱赶着凶恶猛兽的巨汉,更不用提那些数都数不完的军事物资。这样凶悍的对手,是绿林军所不曾面对的。

刘秀此时心意已决,他知道,现在昆阳只有八九千名士兵,将领们心态不一,如果不用自己的言论来说服他们,昆阳一定不保。

想到这里,刘秀离开城墙垛口,急匆匆地走下台阶。刚来到城门口,看见远处一队人马正尘土飞扬地奔来,刘秀不由得停住脚步,驻足观看,原来是驻守昆阳城外阳关的偏将李轶的人马。没接到军令,他何以忽然回城?刘秀不由得按了按腰边的宝剑,稳稳站在城门口。转眼间,这队人马来到眼前,旗下闪出了李轶胖胖的身躯。

刘秀看见李轶,朗声问道:"李将军,何以不在阳关,却要回到昆阳?"

李轶素来比较敬畏刘秀,此时连忙滚鞍下马,急匆匆地走到刘秀面前道:"刘将军,并不是末将贪生怕死,的确是这次王莽军声势浩大,听说此时有十万之众了。我回城来请假,想带兵去自己家所在的城池安顿好家眷……"

"李将军!"刘秀打断了对方的解释,"恐怕未必吧!我看你是担心敌军的强大,担忧我军的力量较小。所以想带兵回去暂避锋芒。"

"这个……"李轶面露愧色。

"敌军如此强大,就更需要大家齐心合力来抵抗,还能有立功的机会。倘若都像你这样回各自家眷在的地方,力量分散,只要昆阳城破,主力也迟早会被敌人击败。难道你不愿意谋求战功,甘愿回家守着妻儿坐等失败?"

李轶是个粗人,最受不得别人的鄙视,他红着脸说道:"刘将军,您言重了,是我没有想好。我立刻就回阳关!"说完,他拱一拱手,翻身上马,大队调头原路返回。

刘秀轻轻颔首,嘱咐守卫城门的士兵小心防备,然后顺着狭窄的街道,回到成国上公王凤的将军府。

王凤是昆阳的最高军事长官,最近正忙得焦头烂额,他听说来犯的军队声势浩大,颇为紧张。此时,他坐在将军府的大堂上,手扶额头,掩面沉思,身边的将领正在议论。刘秀安静地走到自己的席位上坐下,听着同僚们的纷乱发言,不由得哑然失笑。有的人说,王莽军势力太大,不如放弃昆阳,走避他处,还有的人说,干脆投降算了,以后找机会再起事……

刘秀趁着他们议论的空隙,大声地说道:"投降不行,逃跑更不行!"

这一声大喝将王凤惊醒,他抬眼向刘秀看去,满脸询问的表情。

刘秀不慌不忙地说道:"王将军,王莽大军来势汹汹,昆阳只有八九千士兵,如果离开城池,十几倍的兵力差距,我们岂不是自求死路?逃跑绝不行!"

环顾四周,看到周围静了下来,刘秀继续正色说道:"现今我军主力正在围攻宛城,正是复兴汉朝生死攸关的时节,如果昆阳就这样不战而降,敌军转眼就能到宛城城下,这样一来,主力必然被击溃,我们这些偏师又会面临怎样的命运?请诸位好好想一想!"

此话说完,众将哑口无言,他们面面相觑,王凤也不得不承认刘秀说的是实话,于是他轻咳一声,问道:"刘将军,依你之见呢?"

刘秀尚未作答,外面传来嘶哑的喊叫:"报——"声音未落,奔进一名风尘仆仆的斥候(侦察兵),他来到大堂,跪在地上禀报:"敌军已经抵达城北,距昆阳只有几十里地了,大军绵延数百里,无法估计具体兵力!"

王凤惊得目瞪口呆,他挥了挥手,斥候领命而出。其他将领异常窘迫,既然形势发展得如此之快,想逃跑想投降,恐怕都不是己方能左右了,他们转而将眼光投向了神色无异的刘秀。有人说道:"刘将军,快说说您的主意。"

"不难,"刘秀面带微笑,听说大军逼近,他反倒更镇定,"王莽大军人数虽多,可惜没有愿意为他卖命的老百姓,也就没有真心想打仗的士兵。有什么可怕的呢?末将打算带十三骑,深夜出城,去附近郾县、定陵这些地方求援,到时候里应外合,击破王莽大军。"

"也只能如此了。"王凤轻轻地嘀咕了一声……

第二天上午,刘秀已经带领十三名随从,来到了郾城。郾城守将看到他们,活像见到了鬼,瞪圆了双眼问:"难道你们是从昆阳杀出来的?"

"正是如此。"刘秀擦去满脸的汗水说,"事不宜迟,请将军立刻援救昆阳。"

"这个,"守将声音微弱下去,"我看,我还是先守卫郾城吧,这里也很重要……"

"将军!我知道你在郾城有金银财宝,"事情紧急,刘秀也只好实话实说了,"贪恋财物,人人都一样。如果咱们能里应外合,击败新军,财物会比现在多上万倍,还能建立大功。万一昆阳失陷,宛城城下的主力也就面临灭顶之灾,到时候你小小的郾城还能存在?命都没有了,金银财宝还有用吗?"

一番话说得守将恍然大悟,他又想到新军携带的大量粮草物资、金银财宝,不禁两眼放光:"刘将军不愧是帝王之后,一下就说醒我了。我马上带领全军出发!"

"好,我还要去下一处,咱们昆阳城下会合!来人,给我换一匹马!"

在刘秀的积极求援下,附近的义军集结到昆阳城下新军的侧背。此时,由于刘秀临走前的激励,守城的诸将正在拼死奋战,新军苦攻不下,又突然受到来自侧背的袭击,毫无防备,加上刘秀让人四处散播,说是宛城已经攻破,义军主力回师昆阳,结果,双方的士气发生进一步的逆转。在前后夹击下,新军遭到了毁灭性的失败。

不久之后,新朝覆灭,王莽被杀,刘秀建立东汉,成为历史上的汉光武帝。这关键性的一仗在历史上称为"昆阳之战",奠定了刘秀走上成功道路的坚实基础。

炼智　　昆阳之战的胜利,很大程度上取决于刘秀的个人影响力。在劝说别人同意自己的提议时,刘秀采用了不同的说服方式。对自尊心强的将领,他采用了"激将法",让他感到面子上的难堪;对因为懦弱而意见不一致的诸将,他用"置之死地"来说服,让他们感到只有坚守才能有机会存活;而对贪恋财物的将领,他采用"许之以利"来吸引,结果让对方在对金钱的渴望下奋勇作战。对不同的人,采用不同方法说服,让他们为同一个目标努力奋斗,这就是神奇的辩术发挥的作用。

悟道　　个人的人格魅力,往往能出奇制胜,甚至拯救一支军队、一个城市,赢得一场战争。
个人魅力来源于平时的言行、风范和气质,也来源于个人的眼界和能力。如果没有这些,即使说得再天花乱坠,恐怕也不能让人有所触动,改变局势。

第五伦的"私心"

写完向汉章帝进谏的奏章,第五伦走出了书房,在院中尽情伸展肢体,呼吸着新鲜的空气。

第五伦,字伯鱼,他从王莽的新朝开始就走入仕途,可从没有当过什么大官。一直到了东汉,才担任小小的市场官员,后来因为清正廉洁,被推举为地方官员,直到成为司空这样的朝廷重臣。他面貌刚毅,个子虽不高,两眼却炯然有神,衣着虽朴素,看起来依然气宇轩昂,是位正直不凡的人。

门外,宅邸中的老家人,正在同另一位年轻的仆人洒扫大街。老家人须发皆白,却精神矍铄,他一边扫着青石板上的尘埃,一边絮絮叨叨地说道:"你刚来我们这里,恐怕还不了解大人。我们家大人可不一般,他做官是从'乡啬夫'(类似于今天的乡政府科员级别)做起,几起几落,但从不违背自己的良心,直到现在做了司空这么大的官也依然如此。"

年轻仆人连连点头说:"老人家,其实我早听说,第大人在做会稽太守时,拿着两千石的俸禄,居然亲自铡草喂马,这也太没有威仪了啊。"

"何止如此,"老家人笑起来,看看周围又说道,"你不知道的还多呢,你想,现在朝廷的官员,逢年过节谁不收受点孝敬,其实也不算什么。可第大人为官这么多年,我从来没有见过他接收一丝一毫的东西,如果别人硬要赠送,他就全部封存起来,然后上缴国库。这才真正令人敬佩啊……"

"哎呀,真是……"年轻仆人不断地啧啧赞叹着。

两人洒扫已毕,正准备回到院中,看见远远地来了一辆华美的大车,马蹄清脆地敲击着街道,发出哒哒的声响。

"大约是第大人的下属前来拜访,你去通报大人,我来迎接。"老家人一边如此安排,一边走向大车。年轻仆人则连忙回到院中,向活动已毕的第五伦做了禀报。还没说完,脚步声便传来,一位身着华贵丝绸衣服的翩翩公子走了进来。看见第五伦站在庭院中,他深施一礼说:"大人,多年不见,家父让我前来拜望。失礼之处,多多海涵。"

第五伦端详着这个年轻人,很快记起来,这是当年自己在蜀地担任太守时同僚章某的儿子。没想到,这些年过去,他不仅长成了大人,连气度、服饰也完全不一样了。看来,这位章大人在自己走后继任了太守,恐怕也没少干贪污受贿的事情。想到这里,第五伦发自内心有些许的厌恶之感,但想到毕竟同事一场,便客气地将章公子引入会客的正堂内。

章公子端坐在席上,却又略微好奇地四处打量,看见正堂内陈设简单,没有任何华美的玩物,更没有他想象中司空府邸的华美,不由得纳闷地道:"第大人,这是您唯一的府邸吗?"

第五伦坦然说道:"当然,难道我还有多处宅邸不成?"

"大人,您对自己太刻薄了。我们做晚辈的,内心也因此深感不安。这次我来京城,第一个就来见您,没有别的事情,只是家父总感怀当年第大人对他的恩德,无以为报,特地让晚辈前来送上一点薄礼……"

"呵呵,不用了。"第五伦不想再听下去,他说:"当年同城为官,都是为朝廷和皇上做事出力,谈不上恩德。你能来看我,我就很满意了,礼物嘛,请原路带回吧。另外不妨转告令尊,为官,恐怕还是要秉持良心,方可永保安稳。用钱,大概无法带来长远的太平吧。"

第五伦话中带刺,让章公子很不安,但他又不愿意马上承认自己的失败。于是他假装低头喝茶,稳定了下情绪,侧头想了想说:"司空大人,据我所知,人皆有私

中国青少年智慧阅读书系

心,您觉得这是不是正确的呢?"

"当然正确了。私心与生俱来,受之父母,岂能有无私心的人。真要是有,恐怕也和禽兽无异。"第五伦轻轻抚摸着自己的须髯,含笑说道。

"那就是了啊。"章公子喜形于色地说道,"那么,敢问司空大人既然是朝廷的高官,却住在这狭窄的庭院。而相比起家父……"他不自觉地摸了摸腰间的玉佩,那温润的手感让他平添一份自信,便继续说道,"晚辈斗胆请教,司空大人的私心在哪里呢?"

"哈哈哈哈!"第五伦豪爽地笑起来说道:"年轻人,说得好!的确,老夫也有私心的。"

"是吗?"章公子停止抚摸玉佩,瞪大眼睛看着面前的第五伦,他想,只要摸清楚这位大官的喜好,后面的事情便容易多了。

"老夫的私心,曾经反映在三件事情上。第一件,某年,有位部下送我一匹西域千里马,你要知道,老夫从小就是有名的骑手,岂有不喜欢名马的道理,但我还是没有接受。后来,每次选拔下属、推举人才的时候,我虽然没有选这个下属,但心里面还是会想到他。"

说完,第五伦收敛了笑容,用严肃的眼神扫射着章公子。

"第二件,我很喜欢我兄长的儿子,他从小身体不好。所以他生病时,我一晚上去探视他十次,然后回自己家才能睡得着。第三件,如果是我儿子生病了,我就算去看他再多的次数,还是整晚睡不着。你看,有这三件事情为例子,岂不是说明老夫当然有私心!"

章公子被第五伦对"私心"的解释折服了,他拜伏在已经略显老旧的坐席上,口中喃喃说道:"司空大人真是古之君子,我辈相差太远了……"

华美的大车载着厚重的礼物回去了,马蹄声渐渐远去,老仆人对着大车的背影微微摇头,慢慢关上了毫不起眼的府门。

身为司空的第五伦，虽然没有碰到谈话对手的正面质疑，但面对"您是正常人，所以您也应该有私心"的潜台词，第五伦利用"偷梁换柱"的方法获取了交谈上的胜利，不仅拒收贿赂，同时也体现了自己的高风亮节。

所谓"偷梁换柱"，即在谈话中表面上是在和对方谈论同一概念，实际上却重新定义此事物。

故事中，章公子说的"私心"，是违背原则追逐利益的"私心"，是危害国家、社会、百姓的"私心"，这种私心，第五伦当然不会有。但承认自己没有私心，就会在交谈上陷入被动，并导致对方继续纠缠下去。

于是，第五伦告诉对方自己也有私心，但他口中的"私心"同章公子所说的"私心"并不相同，让对方无法再辩驳下去。

"有理也应让人"，说话者应该拥有良好的素养和风度，不应随便伤害别人的感情和自尊。

采取含蓄的方法表达拒绝，比起直接表态要更为合适。

王充耐心说"鬼"

庐江城到了冬季，还是相当寒冷。这天清晨，王充早早地就起床用过了早饭，然后急匆匆地向衙门走去。

王充，字仲任，出生于东汉初年，是东汉时期杰出的唯物主义思想家和教育家。他的祖先曾经是显赫的贵族，后来不幸没落，到了王充这一辈，已经是相当破败。王充自己也只能在县衙当个小吏，管些钱粮账目之类的杂事。然而，这并不妨碍他研究学问，县衙上上下下都知道王充的名声，经常有人向他请教问题。

王充走进自己的办公房间，发现自己的同事柳三，正怀抱着暖炉，坐在那里呆呆地发愣。这柳三是城里有名的富家子弟，经常会问王充一些学术上的问题，见他这样，王充便微笑着喊道："柳贤弟，在想什么呢？"

"哎呀，兄台来了。"柳三连忙站起身来，向王充施礼，虽然他家境富裕，但却从来不敢在王充跟前摆架子。相反，他很敬仰王充的才华和为人。

王充还礼之后，坐到了自己的席前，收拾着案上的竹简。顺口说道："贤弟，你是不是有心事，大清早就在发呆？"

"实不相瞒。昨晚回家，家母告诉我说，家里仆役生病。我正为此担心呢，这个仆役甚为灵巧，深得父母的赏识。这次被鬼缠住，不知如何是好啊！"柳三皱眉叹息道。

"什么，被鬼缠住？"王充哑然失笑，"柳贤弟，哪有这样的事情，世界上怎么会有鬼呢？"

"真的，据说，他一开始是梦见了死去多年的父亲。后来，他就生病了，还在床上哇哇大叫,说父亲在用手杖打他呢。"柳三认真地说。

"这呀,是因为他想着死去的父亲,就产生了幻觉。而他哇哇大叫,是因为疾病使身体疼痛,并不是被鬼打了。"

"可是,为什么巫婆也说是鬼呢?"

"什么,巫婆都来了?"王充觉得事情更好玩了。

"是啊,"柳三连暖炉都放下了,凑到王充的席前说,"家母特意花钱请来城里最有名的巫婆郑大娘。她做了法术,说看见这仆役的父亲了,跟活着的时候一样啊。而且,还穿着他活着时候穿的那身黑衣服呢!"

"哈哈哈!"王充抑制不住笑意说道,"胡说八道的巫婆啊。现在说人死了精气会变成鬼,可是衣服会有精气吗,也能变成鬼?就算有鬼,也应该是赤身裸体的。"

柳三看王充不相信,胖胖的脸上有点不高兴:"那么,人死了,精神去哪里了呢?"

"精神和身体,就是火和蜡烛的关系。"王充指着墙角的烛台架子说:"蜡烛没有了,火就没有了,身体不存在了,精神也不在了。如果有鬼,那么,从古到今所有死去的人,都会变成鬼,那我们身边岂不是被鬼塞满了?"

柳三想了想说:"哪会都变成鬼。只有心里有怨气的才会变鬼。比如,我听说,古代的伍子胥被吴王冤死,尸体抛江,所以他变成了鬼,每年发动钱江潮水。你看,这就是鬼的力量啊。"

王充回答道:"这故事是编出来的,你怎么能相信呢?伍子胥的仇人是吴国,可后来吴国灭了,那么伍子胥的鬼魂干吗还要发动钱江潮呢?再说,如果伍子胥有这个本领,他刚被处死的时候就可以发动,把吴王夫差杀死,干吗一直等到被抛到江里才想起来报复呢?古书上的话,有的也不能完全相信啊。"

"如此说来,好像的确没有鬼喽。"听着王充的解释,柳三也感到自己的确太迷信了。

"当然没有,对了,不妨让你的父母去城东找找著名的许大夫,他的医术高明,或许能迅速治好病人。"王充说完,便开始做自己的公务了。

几天后,同一地点。

柳三刚进门,就对王充说:"兄台,多谢你推荐的大夫,仆役的病已经全好了。我回去和父母说了你的言论,他们也怀疑鬼的存在了呢!多谢多谢啊!"

王充点点头,向柳三致以肯定的目光。然后心里想到,可惜,靠自己的一张嘴,即使天天宣传也无法破除人们的迷信,不如写本书吧,叫啥名字好呢?对了,就叫《论衡》!

炼智

在缺乏科学常识的古代,相信世界上有鬼的自然是大多数。但王充巧妙地用"逻辑演绎"的口才智谋说服了别人,破除了迷信。

"逻辑演绎"的口才方法,是抓住别人现在相信的东西,再进行逻辑上的前后推理,从原因和结果上找到其不合理的地方,进而展现给别人看。比如,对方说有鬼,那么王充就告诉他这样看来,到处都是鬼,体现了这种说法的荒谬。对方只好说鬼必须要有怨气,还举出例子,王充则根据事例指出伍子胥的鬼如果存在一定会尽早报复,不会拖上几百年。这样,对方坚信的论点、论据就不攻自破了。

悟理

科学和真理,是每个人必须坚持追求的。

千万不要因为比他人懂得多、看得远,就傲慢地拒绝传播知识,甚至嘲笑他人无知。用正确的交流方式,别人最终会理解你的信仰,并站到你这一边来。

陈宫剑下逃生

徐州城头上，"吕"字的大旗高高飘扬，城门前站立着正在彼此交谈的官员们。

这已经是一年内徐州城升起的第三面旗帜了，徐州原来的地方官陶谦去世后，缺乏根据地的军阀刘备入主，不久后，号称天下无敌的吕布又乘势打败刘备，夺下了徐州。

现在，这位一直居无定所、缺乏根据地的飞将吕布，终于找到了自己的坚固地盘，得以在乱世中获取片刻的喘息。

最近，吕布心情大好，从许昌曹操方面前来的使节，带来了平东将军的印绶，还有曹操的亲笔慰问信。今天，他是亲自出城送使者回去的。

同使者话别之后，吕布走到徐州当地名士陈登的面前，他是自己特地派出去的使节，任务是和使者一同返回许昌，向曹操表示感谢。

"陈先生，"吕布略略拱手道，"这次要不是令尊提醒，我差点就和反贼袁术成了儿女亲家，好在我醒悟及时，断绝了这门婚事，还抓获了袁术派来的使节。你们父子居功至伟啊！"

"哪里哪里，将军过奖了。我们父子久居徐州无用，今天能有幸为将军贡献力量，实在是感激涕零。"陈登深深施礼道。

吕布靠过去，假意搀扶，却在陈登耳边轻轻说了一句："徐州牧的事情，还请先生到许昌多多挂念。"

所谓的徐州牧，就是徐州本地最高的军政长官职位。吕布虽然占据了这座城

中国青少年智慧阅读书系

市,却没有来自中央的正式任命,他正为此而烦忧。所以这次特地以遣使回谢的名义,想派陈登去许昌游说曹操。

陈登会意地点了点头,说:"将军放心。"

看着使节队伍慢慢远去,吕布这才放心地回到府中,开始了漫长的等待。

过了一个月,陈登回来的消息终于传到吕布的耳中,他立即抛下手头一切事情,叫人把陈登传到将军府。

"陈登,这次去许昌,活动得怎么样了?"

陈登笑嘻嘻地说道:"将军,曹公非常看重徐州,因此我在许昌也很有面子。除了大排筵宴,就是交友聚会,曹公还封赏给我和父亲许多贵重的宝物。这都是拜将军您的威名啊!"

"好了好了,这些都不用说了。"吕布按捺不住地说道:"那么,徐州牧的事情,怎么样了?"

"这个……"陈登故意沉吟着不肯说出后面的话。

"究竟如何?"

"曹公没有同意!"陈登实话实说。

吕布闻听大怒道:"什么?我听了你父的话,得罪了袁术,投靠曹操。现在我什么都没捞到,你们家却封赏厚重。你是不是存心要卖了我!"

说着,吕布刷的一声抽出宝剑,凶狠地看着陈登:"你有什么要解释的,说给我听听!"

"将军息怒啊。"陈登做出慌慌张张的表情说:"将军,您有所不知……"

"什么事?说!"吕布握住宝剑向前跨了一步说。

"我这次刚到许昌,抓住机会就和曹公说了。我说,将军您是一只老虎。要想同将军合作的话,就要像对待老虎那样,每天送给它丰盛的肉食,这样他才不吃人。"陈登看起来很委屈。

"嗯,不错。"吕布紧握宝剑的手垂了下来,但表情还是很狰狞:"那曹公怎么没听你的呢?"

中国青少年智慧阅读书系

"曹公太狡猾了,将军。"陈登抱怨着回答道,"不能怪我啊。他说将军才不是什么老虎,将军是长空翱翔的苍鹰。"

"苍鹰?此话何解?"

"这是曹公忌惮您的威名,才会这样比喻您。他说,对您这样的苍鹰,饿一点才能帮助他收服猎物和平定天下,但是不能喂饱,喂饱了,您可就会飞去,再也不愿回来了。"

听见这样的评价,吕布不再愤怒,将剑收入鞘中,站立着想了一会儿,脸上浮现了一丝微笑,说道:"那好吧,既然曹公这样评价我,我也只有愧领了。陈登,你辛苦了。先回去休息吧。"

陈登深施一礼,转身迅速地离开了将军府回到家中,拜见了老父陈珪。两人悄然来到密室中,商量起如何里应外合、帮助曹操拿下徐州的计划来。不久之后,陈登父子果然同曹操里应外合,出卖了吕布。缺少智慧的吕布虽然有一身好武艺,却最终不明不白地被绞杀在白门楼,成为残酷斗争的牺牲品。

面对咄咄逼人而杀人不眨眼的吕布,陈登应该如何是好?否认或者解释,都并不明智,甚至有可能暴露自己串通曹操的内情。因此,他干脆采用了一招"引用高层"的口才智谋。

所谓"引用高层",即在面对比自己实力更强、地位更高的谈话对象时,不从自己的身份出发辩解,而是引用他们更为在意的高层话语来说服他们。这条计谋需要做到巧妙而不过火地引用高层的话语,并重新整合进行表达,这样就能像陈登那样化险为夷,达到目的。

思想简单者往往会受谎言的欺骗,偏听偏信落入陷阱。

对于别人引用或者描述的话语,我们不应轻易相信采纳,必须经过事实的检验,得到第三方的证明,才能真正相信。

孔融说服曹操

听说尚书令杨彪因为袁术造反而被捕下狱，孔融再也抑制不住内心的愤怒，他生气地将竹简扔到地上，半天都说不出话来。他知道，这又是相国曹操干的"好事"。

孔融是东汉末年的名士，也是著名的圣人孔子的后代。因此，孔融家学渊源，少年时代就以神童名声响彻天下，后来又勤奋好学，在汉献帝即位后担任过北军中侯、北海相等官职。六年后，汉献帝下旨让他回到中央朝廷，担任大中大夫。

由于才华出众，广收门徒，孔融家中的宾客每天都络绎不绝。他总是喜欢在家中抨击朝政，言辞经常相当激烈。

究竟是什么样的朝政让孔融总是看不惯呢？

原来，自从献帝迁都许昌以来，军阀曹操把持了汉朝政局的大权，对外，他无论出兵何处都貌似正义；对内，利用军权把持皇帝、消除异己。在孔融看来，这已经有违朝廷纲纪。可现在因为袁术在寿春称帝，曹操就上书皇帝，将他的儿女亲家杨彪抓捕下狱，这也实在太过分了！难道曹操不知道杨彪是三朝元老吗？如此德高望重的老臣，曹操又为何向他下此毒手？想到孔杨两家平素交往的情谊，孔融心里感到越发难过。

"不行，我得做点什么。"如此愣愣地呆坐了一会，孔融迅疾地站起身。他吩咐家人备车，自己马上要去相国府面见曹操。情急之下，孔融连自己没有穿朝服都忘记了。

曹操正在书房阅览群臣交来的奏章，自从拥立献帝之后，所有奏章都要先交到

中国青少年智慧阅读书系

相国府这里,已然成为了朝野都清楚的规矩。他对着急匆匆走进来的孔融点了点头,算是迎接,然后埋首继续处理繁忙的公务。

孔融站在曹操面前,深施一礼说:"相国,听说杨公被捕下狱了?"

曹操根本没有抬头,鼻子里傲慢地哼了一声说:"是啊,他勾结奸贼袁术,皇上自然要惩处这样的乱臣。"

"相国,杨公四代都是道德高尚、为官清廉的人,朝野上下无不敬佩。现在突然说他勾结叛党,又没有证据,岂能服众?"孔融执拗地说道。

"证据嘛,的确还没查到。不过,他和已经称帝的袁术是亲家,既然是亲属,那么就当然是乱党的一员喽。"曹操放下笔,不耐烦地说。

孔融知道曹操是在找借口,他必须步步紧逼,想到这里,他不由自主地提高了声调:"相国,周代典籍说,即使是父子、兄弟这样的血缘关系之间,犯罪都只能让一人承担,不应牵涉株连到无罪的那一方。现在,您又怎么能够用袁术的称帝叛乱来让杨彪下狱呢?他只不过和袁术是儿女亲家的关系啊!要是真办了杨公的罪,'积善之家,必有余庆'这样教化百姓的话,岂不就是在骗人了?"

"这个,"曹操知道孔融有备而来,而且自己的确找不到任何理由来反驳,他眼珠子转了转说道,"这个嘛,是皇上的圣旨,是朝廷的意思。也不是我个人的决定。"

说完,曹操假装继续低头看奏章,心里却希望孔融赶紧走,否则自己一个字也看不下去。

孔融并不理会曹操的敷衍,他向前迈进一步说道:"相国怎能如此推脱?请容我打个比方,如果周代的成王,要杀掉邵公这样的忠臣,难道周公能说不知道吗?"

这话让曹操听了心里很不是滋味,周公是自己一直很崇拜的人物,现在孔融以周公来比喻,明显是抓住了自己内心的矛盾之处。他张了张口,终于没说出什么。

孔融继续说道:"如今天下的官员和百姓,之所以敬仰您这样贤能的相国,就是因为您聪明而仁慈,能够辅佐当今皇上,纠正他的错误,推行正直的政策,这样才能让国家清明和谐。如果朝廷现在毫无证据就杀死无辜而有威望的重臣,朝野舆论一定会乱作一团,谁又会敬重朝廷和您?就以我孔融为例,一旦发生这样的事情,我明天就辞官回故乡,不再参与朝政。"

曹操看孔融说得这样严重,不由得站起来,他满脸堆笑地说:"哪里,孔大夫言重了。这样,这件事情我命人重新审理好了。你不必担心,不必担心……"

不久之后,杨彪被释放出狱,他亲自带着儿子杨修,来到孔融府上致谢。宾主会面,杨彪对杨修说:"能说服曹操的,恐怕也只有这位孔大夫了啊!"

孔融说服曹操,利用了"引经据典"的口才智谋。

所谓"引经据典",并不是为了夸耀自己的知识面广博,而是可以恰到好处地运用在辩论之中。尤其是面对知识、素养都能理解经典的谈话对象时,使用典籍中的原话作为论据,可以很好地起到促进他们理解和思考的作用。

在这条智谋中,我们引用的典籍可以是古代著作、名人言论,也可以是理论、原则和法律,甚至可以是民俗民谚等等。只要能很好地同自己的论点结合,并采用简洁的形式表达,就可以振聋发聩,让对方失去反驳的能力。

面对权力的威压时,究竟是选择懦弱地做一个可怜的应声虫,还是选择站出来真实地表达自我、改变局势?相信每一个人都会有正确选择。

裴楷解释"一"

登基典礼结束了,晋王府原来的重臣们,集中在大殿的侧室旁,他们屏退了所有侍卫,静静地等待司马炎的到来。

散骑常侍贾充走过来,笑着对裴楷说道:"裴侍郎,这次,我安排的登基典礼,称得上隆重吧。"

被称为侍郎的裴楷,是晋王府的重臣。他早年跟随司马昭,担任尚书郎的职位,深受重用。同时,朝野上下也认为他是有名的学者,无论官员还是百姓都对他深深敬佩。还有就是,裴楷形容俊美,皮肤白皙,时人称之为"玉人"。

裴楷只是应付了下贾充,他打心眼里不喜欢这个奸佞的家伙,找到借口,他走到角落坐下,回忆起今年发生的事情来。

这一年正是公元 265 年。8月,大魏晋王府中,突然响起震天动地的哭声,府门前来来往往的行人,吓得面如土色,纷纷走避。不久,消息从晋王府中传出:晋王司马昭病死了!

想到这一幕时,裴楷仍然心境难平,他想到晋王司马昭一生着力于消减曹魏的传统势力,在接近成功时,却撒手人寰。而现在,太子司马炎一继承晋王王位,就果断宣布,废除了魏国的君主,自己即位称帝,开创了晋朝的统治。

这一切,宛若梦幻,却又活生生地好像过去曾经发生的一切:想当年,曹魏用同样方法灭亡了汉朝,却仅仅存在了四十五年;看如今,晋朝刚刚创立,内外都有着深重的矛盾压力,这个新兴的帝国,该如何走下去? 裴楷发自内心地为此担忧。

"皇帝陛下到——"

正在如此思考之时，门外侍从的喊声清晰地传进侧室中，打断了裴楷的忧思。

众人整齐地排列好队形，跪倒迎接新登基的天子。裴楷排在前面，仅仅位于他不喜欢的贾充身后，这让他更是厌恶地皱了皱眉毛。

"诸位爱卿请起。"

晋武帝司马炎穿着隆重的礼服，面前的冕旒上十二串硕大的珍珠发出异样的光采。他此时喜形于色，端坐在侧室的殿上。如果说，刚才公开典礼时，司马炎还在尽力掩藏内心的激动，表现出神圣庄严的神色，而此时面对这些旧臣，就显然没有继续掩饰的必要了。

众人纷纷起身，按文武两行排列好队伍。接着，按照事先贾充准备好的计划，用来占卜的沙盘被两名须发皆白的道士抬了上来，放在房间的中央。

贾充看着一切布置停当，便抢先出列，跪倒启奏说："陛下，沙盘已经准备好，请您前来扶乩。"

司马炎稍一迟疑，然后起身走到沙盘前，说实话，他并不是很相信这套东西。但贾充既然极力言说，还搬出古代的例证，他也决定试一试。

两名道士扶好了插在沙盘上的笔，贾充谄媚地请司马炎握住笔的最高端。在三个人的合力握住下，不一会儿，笔开始慢慢移动起来。周围的大臣不由得偷眼向沙盘上看去，只有裴楷漠然地看着这套荒谬的仪式。

良久，道士说："有了。"司马炎立即放下笔，走回殿上坐下，然后说道："贾充，你让法师们根据扶出来的字看看，我朝的气数究竟如何？"

贾充也不懂里面的门道，他用目光示意道士们说点好听的，没想到，道士早已经把沙盘上的字写到了白纸上，跪倒在地，高高地举起来。大臣们抬眼一看，不由得吓得魂飞魄散，白纸上只有浓重的一横，分明是个"一"字。

这下，司马炎坐不安稳了，他一脸的沮丧，干咳了两声，向左右看去，想找人来缓解一下如此尴尬的局面。但左右也在求助地看着他，他只好说道："这个，哪位爱卿来解释一下？"

底下没有动静，大臣们你看我，我看你，不禁纷纷缩短了脖子。

正在此时，一直没有说话的裴楷站出来，说道："恭喜皇上，得了个'一'字。"

"哦？"晋武帝像抓到根救命稻草般地说："喜从何来呢？"

"皇上，臣听说过，天如果得到统一就能清明，地如果得到统一就能安定，而王得到了一，就注定是天下的主人。这岂不是吉兆吗！恭喜皇上啊！"

说完，裴楷跪了下来，毕恭毕敬地施礼。贾充和那些大臣们也如梦初醒，一口一个"恭贺皇上"跪倒一片。看着这些念念有词、喜笑颜开的手下，司马炎也转忧为喜，连连点头说："说得好，说得好啊！"

典礼终于结束了，回府的路上，不断有同僚夸赞裴楷说的精妙，裴楷只是笑笑，并不回答，他上了车，嘱咐车夫慢点行驶，接着拉上了车窗的帘子，闭目养神。

在黑暗中，裴楷担心起晋朝的国运："一"并不是危机，真正的危机，谁又能发现呢？

通过占卜询问王朝的气数，本来就是封建社会的一种迷信，并没有任何科学和政治道理。然而，当占卜的结果严重"不祥"，导致气氛无比难堪之时，裴楷站了出来，运用了"语境替换"的智谋，化解了严重的危机，也赢得了当权者的好感和同僚的赞赏敬佩。

所谓"语境替换"，就是虽然面对同样的词语，但能够把它放到另一种语境中巧妙地加以诠释，从而获得不同的效果，缓和气氛、改变寓意。

唯心的占卜、祈求、烧香、拜佛等等，不能取代主观努力。

通过积极奋斗，人们才能获取想要的成果。无论是国家兴亡，还是个人成长，都必然遵从这不可动摇的规律。

陆机说哭强盗

流动的河水轻轻拍打着岸边的石头,传来有节奏的声响。河中央,一艘大船正慢慢向上游驶去。

这艘船是江东名士陆机雇的。陆机是西晋著名的文学家和书法家,是三国时期吴国名将陆逊的孙子,当时和弟弟陆云被称为"二陆",曾经担任过平原内史、祭酒、著作郎等官职。陆机也是少有的神童,很小的时候就以文章出名。

此时,陆机坐在船舱中,时而看看船外慢慢向后退去的沿岸风景,时而悠然自得地读着手中的诗集,不时露出会意的微笑。

身边的书童看见陆机面前案上的那盏茶已经见底,连忙提起茶炉上的小壶给装满。

船忽然毫无预兆地停下了。茶盏中刚刚倒满的茶水,顿时洒了出来。

"怎么回事?"书童惊慌地向外张望。还没等他走出去,船家已经急急忙忙地冲进来说:"客官,不好了,水贼来了。"

话还没说完,两艘快船已经从上游急速直下,来到了这艘大船的两侧。随着一声呼哨,快船上跳过来五六个精壮汉子,他们不由分说,推倒了船伙计。其中领头的走了进来,傲慢地看了看神色无异的陆机说:"你就是雇这船的?"

"正是。"陆机回答说。

"好!赶紧靠岸,兄弟们要借点东西。"说完,水贼还礼貌地唱了个喏。

还没等陆机说话,船家已经开始吩咐伙计们把船尽快靠岸,让水贼们搬运想拿走的财物。在利刃的威逼下，船伙计们动作也更加麻利，把船驶往岸边，找到了合适的地方停住。水贼们迅疾地架好了踏脚板，开始从船上"下货"。

陆机看他们并没有多少凶悍之色，不像一般强盗，颇有些吃惊，于是便将视线透过船舱的窗户，向岸边看去。他发现水贼们动作协调有序、丝毫不乱，既安静也高效，根本看不出是江湖草寇，内心不禁暗暗赞叹说："当今乱世，就是官兵也不一定这样训练有素，只是不知道这群水贼的头目是谁。"正在奇怪之时，书童在身边拉了拉陆机说："老爷，不要再看了，强盗头子正坐在岸上呢。"

顺着书童手指的方向，陆机看见岸上的确有四五个人簇拥着端坐在胡床上的水贼头子，再看这水贼头子，谈笑风生，指挥若定，一会儿向身边的人盼咐着什么，一会儿又用马鞭指挥着那些搬东西的大汉，脸上没有任何做了亏心事的惊慌失措。

陆机仔细端详着这水贼首领，发现他并不像那些大汉一样满脸横肉，看上去倒颇有几分教养，很有可能出身不凡。此时，那水贼头子也看见了船舱中的陆机，便站起身来大声问道："那位先生，在看什么呢？难道你不害怕？"

"哈哈哈哈！"陆机听见他这样问，从容地大笑起来，这笑声打破了河水单调的流动声音，也让正在忙碌的水贼、受到惊吓的船伙计们都不由得心生诧异。

陆机笑罢说道："敢问这位公子，贵姓大名，何方人士？我有幸遇到公子，也当记下名号，日后是个念想。"

"这……"水贼头子没想到陆机会这样问，一时语塞，低下了头。

"公子不必不好意思，只有你知我知，但说无妨。"陆机看他不肯说名字，继续问道。

"我叫戴若思，广陵人。"那水贼头子好不容易蹦出这句，然后转念一想，又凶狠起来："你是什么人，问这个做什么？"

陆机长叹一声，走出船舱，来到船边。有水贼想要拦住他，被水贼头子用眼神阻止了。陆机便踩着窄窄的踏脚板来到水贼头子身前。其他的水贼没见过如此大胆的客商，都有点傻了。

"公子啊，我看你做事说话，沉稳不乱，相貌气质，风度翩翩，是个非常优秀的青年人啊。你这样优秀，为什么……"说到这里，陆机看了看周围的这些彪形大汉，放低了声音，俯身对水贼头子说："为什么只做了个水贼？"

那水贼首领听到陆机这样说，脸色一下暗淡下去，再也见不到刚才的神采。他低头想了一会儿，突然痛哭失声，扑通一声跪倒在地："先生说得好，先生说得好。我父亲戴昌，本是会稽太守，因为遭人陷害，被罢了官职。我因此不忿，就带着家丁前来做这样的勾当，其实并不是图财，更不会害命，只想发泄心中的怨气啊。"

"快快请起。"陆机和蔼地搀扶起戴若思说，"我这次到洛阳要面见赵王，正要推荐天下的贤才。如果你不嫌弃，就和我一同前去吧。"

"好，先生居然看得起我，那么我这就走。"戴若思想都没想地说道。仿佛又想起了什么，他转过头大声地对那些"水贼"喊："统统给我住手，把东西全部送回去，这位陆先生，今后就是我的老师！"

正因为陆机拿捏住了盗贼的心理，先是从赞美的角度，而并非从痛恨、恐惧的角度来进行言论说服，这样才成功地拿回了自己的财物，还带来了"浪子回头金不换"的良好效果。可以说，"用赞美引出批评"，是故事中体现出的最大的口才智慧。

"皮革马利翁效应"是说，当观察者对于被观察者寄予某种希望后，被观察者注注会因为感受到这样的希望，而愿意付出更多努力来自行做出改变。

从好的方面，观察与发掘别人的特点和潜力，报以更高的期望。当我们能看到不同人的闪光点时，相信我们在他们眼中也会变得逐渐高大起来。

丑新娘洞房论德行

这是东晋时代,洛阳一个普通的夜晚。

大红的灯笼高高悬挂在宅院的门前,上面清晰地写着"许"字,院内,酒菜飘香、人声鼎沸,不时还有宾客们豪放的笑声,令路过的行人不时地伸头观看。原来,这是朝廷吏部侍郎许允的婚礼,此时正是宴会快要结束的时候。

在酒桌旁,两名文人正在交谈。其中一位捋着胡须笑道:"新郎官怎么还没过来敬酒呢?难道怕羞不成?"

另一位文人喝了口酒说:"仁兄,说起许允,今晚他要是进了洞房,心情不见得多好啊!"

"你这是什么话,大丈夫新婚洞房,自然是人生喜事,怎么会心情不好。"前者奇怪地说道。

"唉,你果然不知道。"后者看看周围压低了声音,俯首说道,"其实,这次许允娶的是阮德慰家的女儿。你知道吗?他家女儿可是出了名的丑陋。也不知道阮德慰找的媒人,是怎么说动的许允……"

"当真?"知道了秘密的这位看看对方,流露出恍然大悟的表情。而后者拉拉他的衣袖,站起身来,原来是新郎许允前来敬酒了。满桌的人都站起来,向许允祝贺,但见他身穿朝服,容光焕发,风度翩翩。一望就是卓越的人物。他笑容满面地向宾朋挨个敬酒,说着感谢的话。

过了一会儿,酒宴结束,有的宾客停下筷子,开始谈天说地,仆役们撤去满桌狼藉的杯盘,奉上香茶。许允换下朝服,身穿便装,脚步急匆匆地走进了洞房。当初他听阮家来的媒人说,这位姑娘聪慧异常,自幼饱读诗书,所以才动心答应了婚约。现在,终于能一睹芳容,又如何能抑制心头的激动。

看见许允进了卧室,守候在新娘子身边的丫鬟轻轻抿嘴一笑,低头离开了房间,留下坐在榻边用团扇遮住脸的新娘。许允知道,这是考验新郎才华的时刻,于是他吟诵了一首短赋,表达自己今天激动的心情。吟诵刚罢,新娘便拿开了面前的团扇,许允走近一看,不由得大吃一惊。

原来,这位新娘实在有点丑陋。她黑黑的皮肤,好像是久经风吹日晒的村姑,朝天的鼻孔,在脸上一点儿也衬托不出五官的协调。许允简直不敢相信自己的眼睛,他绝望地一屁股坐在身边的矮凳上,气得把头偏向门口,好半天说不出话来。

看见新郎这样,阮氏女当然有些难过,但她马上开口说道:"怎么,夫君为何不开心?"

"你,你太丑了……"说完,许允拔腿就跑,离开了新房,剩下新娘一人坐在房中。

刚走到前院,有人一把抓住了许允的胳膊:"新郎官不在洞房,往哪里跑。"许允一看,是自己的好友桓范,便没好气地说:"阮家的姑娘,怎么竟如此丑陋!"桓范说:"贤弟,不可如此,既然阮家坚持让她嫁给你,一定有其中的道理,你不妨回去问问清楚。"

在桓范一边劝说一边推推搡搡之下,许允重新回到了洞房,但还是难掩心中的不满,难堪地站到床前,望望新娘,又想抬腿逃跑。可是这次阮氏女眼疾手快,一把抓住了他问道:"你往哪里去?"

许允挣脱了新娘的手,气呼呼地说道:"你还问我往哪里去?我来问你,你说说看,做女子的当有几种德行呢?"

许允这样问自有深意,那时,女子需要有妇德、妇容、妇言、妇功四种德行。很明显,他的问题主要是针对容貌。

新娘自信地说:"我自幼家学渊源,父亲言传身教,母亲亲为楷模,德行、言论、

家务,我自觉无不超于其他女子。所缺的,不过是美色而已。"

听见新娘这样说,许允一时无言以对。

"不过,我又听父亲说过,读书人应该有一百种德行,你符合其中几条?"

"我?我是当今名士,德行完备,堪称优秀卓越。"许允趾高气扬地说道。

"非也!读书人百行德为其首,你现在只想根据外表来寻找终身伴侣,却不想根据个人品行来观察别人,怎么敢说自己是德行完备呢?"

许允听了,面露愧色,低下头去。良久,他诚恳地抬头施礼说:"贤妻,我的确有做错的地方……"

当晚,两人彻夜谈论诗文,互相了解对方的才华。许允发现阮氏女的确不同于一般女子,堪称自己事业上的贤内助,也逐渐发现阮氏女并不像刚开始那样难看,仔细观察的话,她的一举一动,还有相当的气韵风度呢。于是夫妻二人从此琴瑟和鸣,过上了幸福的小家庭生活。

炼智　作为新婚妻子,因容貌丑陋气跑丈夫,可以说是非常丢脸的事情。如果换了一般的女子,早就难过痛苦地埋头大哭。但阮氏女自信地使用了"攻人之短"的口才智谋,指责许允只想寻求美色而不愿深入了解自己的内心,这种婚姻观正是无德的表现。

由于这种指责上升到了许允坚持的信仰层面,所以迅速见效,让许允承认了自己的错误,同时也追求到了两人之间真正的幸福。

悟理　自信,是无论任何人在任何处境都必须坚持的。敢于展现自己美好的一面,积极向别人进行自我推销,才能体现个人特点和价值。

无论在求学、工作或是爱情、婚姻中,自信、主动出击,方能追求到人生的成功和圆满。

长孙皇后劝说太宗

深邃的大唐后宫中，小太监灵巧地穿过重重门廊，走进室内，来到正在同宫女下棋的皇后面前，跪倒在地："娘娘，皇上下朝，马上就过来了。"

"嗯，先下到这里吧。"皇后轻轻放下棋子站起身来。

皇后姓长孙，小名观音婢，三十岁不到，虽然贵为大唐皇后，穿着却并不算华丽。她那端庄的表情背后，掩藏不住内在的聪慧和善良，同时带着几分少女般的顽皮。她八岁丧父，十三岁嫁给李世民，从担惊受怕的战争年月，一直到兄弟相残的玄武门之变，直到李世民即位，这位长孙皇后始终陪伴着雄才大略的丈夫，并经常借古喻今，说出让丈夫刮目相看的话。也正因为如此，李世民即位后，从没有对后宫中的任何嫔妃更为动心。

长孙皇后稍微整理了下服饰，恭候李世民的到来。不一会儿，外面响起了熟悉的脚步声，听着这越来越急促的脚步声，长孙皇后抿嘴一笑，以她对李世民的了解，就知道这八成是又有谁惹恼了他。

果不其然，李世民怒气冲冲地走了进来，然后一屁股坐在椅子上，重重地摆了摆手。周围侍立的宫女和太监立即迅速而轻巧地退了出去。长孙皇后站立在李世民身边，也不说话，静悄悄地看着自己贵为天子的丈夫。

李世民少年时跟随父亲从太原起兵，十几年来推翻隋朝、统一全国，立下了赫赫功德，并最终成为了大唐王朝的第二任统治者，每天为这个庞大的帝国忙碌和操心。正因为压力巨大，所以难免会有今天这样的失态的时候。

"气死我了！"半晌，李世民没头没脑地蹦出来这一句。他重重地在椅子的扶手上拍了一下站起来，像被激怒的孤狼一样来回踱步，良久又恶狠狠地自言自语道："魏征这个乡巴佬，总是当着所有臣子的面给我难堪！今天，为了一件小事，他又反对我的意见，跟我大放厥词，我非要找个机会杀了他！哼！"

听见皇上恼怒的原因，长孙皇后恍然大悟，她悄悄地移动脚步，走出了前殿。

李世民并没有发现皇后的离开，他继续踱了几个来回，然后自顾自地重新坐了下来，眼睛里依然燃烧着怒火，仿佛看见那屡次触犯自己的魏征的首级已经被悬挂在了午门之外，想到这里，觉得怒气缓解了不少。

"来人，给朕上茶！"李世民气了一会儿，觉得虚火上攻、口干舌燥，便想起下朝后还一直没有喝茶。

"皇上请用茶。"长孙皇后端着精美的瓷盏递到李世民的面前，李世民接过后一饮而尽。刚刚把茶盏放下，他抬眼看见长孙皇后已经从头到脚换上了朝服。

李世民奇怪地问道："没有什么大典，你为何在深宫还穿上如此正式的朝服？"

长孙皇后端正地跪下，行了大礼之后说："恭喜皇上。"

"喜？如今朝中哪有什么喜事？"李世民更加摸不着头脑。

"皇上，的确有喜事啊。以前，我总听说您看重魏征，但我并不明白原因，现在听您刚才一说，才明白他确实在乎的是国家利益、法律道德，他是国家的栋梁。"

李世民听她这么一说，面色逐渐平和起来。

长孙皇后接着说道："皇上，我十三岁就有幸嫁给您，承蒙您对我的恩情似海，但有时候我还是不敢同您直接说实话，害怕冒犯您的龙威——夫妻尚且如此，可魏征这名大臣却能做到直言进谏，说明他不是只会考虑个人进退的庸官，而是忠臣啊。有这样的忠臣，也说明您是亘古以来的明君。国家既有明君，又有忠臣，必定会越来越强大，奴婢岂能不行此大礼，以表恭贺？"

说完，长孙皇后又跪了下来，行完了礼。太宗皇帝李世民这才琢磨过味儿来，原来，妻子是侧面在劝说自己爱护忠臣，不要做隋炀帝那样的昏君。他摸摸自己的络腮胡子,不好意思地笑起来,喊着皇后的小名说:"你真是我的贤后!"

长孙皇后的进谏过程看似简单,实际上却有着相当的功力,体现出她不仅善良正直,更具备聪明贤淑的美德。

在说服盛怒的李世民时,长孙皇后采取了"改变观察角度"的论辩智谋。即对同一件事情,经过自己的不同描述,从而彻底推翻对方原先的感觉和印象,使其获得不同的结论,从而产生迥异的情绪体验。

魏征的表现,在李世民看来是触犯自己的权力,损害自己的尊严,而在长孙皇后祝贺的言语中,表现出来的则是君主贤明所以大臣正直,正是国家繁荣的预兆。经过这样的引导,李世民改变了自己对这件事情的看法,自然也就不再生气。

"改变观察角度"这一智谋在运用的时候,一定要采取温和的引导态度,而不要理直气壮地说出自己的看法,强迫对方接受。否则,即使对方内心同意,也会因为下不来台而表现为抵触和反对的态度。

狭隘和偏激,是行走在世界上最大的危险。

透过表面现象,发掘他人本意,方能理智评判。过于放纵自己的情绪,必然会被感觉所欺骗,犯下"一叶障目、不见泰山"的错误。

姚崇朝堂论捕蝗

唐开元四年的一天，晨曦从大明宫装饰精美的屋檐间洒下，漏到大殿的走廊上，看起来，这又是长安城的一个美好晴天。

然而，在大殿等待早朝的群臣们却丝毫感觉不到这份美好，他们正交头接耳，轻轻谈论着什么。原来山东地区蝗虫遮天蔽日，泛滥成灾。老百姓深受迷信思想束缚，不敢捕杀，反而在旁膜拜、祭祀，坐视庄稼被蝗虫吞食。

姚崇是群臣中站在最前面的，他本名元崇，字元之，年轻时读书并不用功，后来翻然醒悟，方能大器晚成。姚崇不是高谈阔论的理论家，而是一个脚踏实地勇往直前的实干家，历任武则天、唐睿宗和唐玄宗三朝宰相，对著名的"开元之治"有着很大贡献，深受皇帝唐玄宗李隆基的信任。

"皇上一会儿就要到了。"姚崇此时轻轻地对身边的同僚说，"今天我一定要说服满朝文武，支持灭蝗。"

同僚还没来得及回话，整个大殿变得一片安静，原来是皇帝的侍从太监已经走上了殿中央的宝座旁。之后，玄宗的身影出现在众人面前，他神采奕奕地走上宝座，大臣们立刻跪倒，三呼万岁。

"诸位爱卿，今天有什么国事吗？"玄宗李隆基的声音不大，但在空荡的大殿中还是显得有金石般的分量。

"我皇陛下，臣有事启奏。近日，山东地区出现了大批的蝗虫，如乌云蔽日，不可一世，所到之处，草木为之一空。"姚崇皱眉说道，"陛下，《毛诗》上说过，对付蝗虫要用火攻,而东汉的光武帝也下过诏书说,'要消灭蝗虫灾害毫不手软'。依微臣所见,不如发动灾区的百姓,在夜色中点燃篝火,然后在火堆边挖掘土坑,这样一边焚烧一边掩埋,可以消灭所有蝗虫。"

"嗯……"玄宗没想到蝗虫已经发展到如此程度,不由得也担心起来。但同时,这位信仰佛教的君主内心又有着些许的顾虑。正在他内心矛盾交织的时候,大殿内响起了另一个声音:"万万不可,皇上。"

姚崇向身后看去,原来是汴州刺史倪若水,他今天是来长安述职的,应诏参加了早朝。此时,他跪倒在地,惶恐不安地说道:"皇上,蝗虫是上天降下的灾害啊,想要消灭蝗虫,只能靠加强我们自身的道德修养,不然就会失败。比如当年的军阀刘聪,他在山东统治时也倡导消灭蝗虫,结果不仅没有成功实现目标,反而结局更为悲惨。"

倪若水虽然低着头,但看起来意志很坚定。一时间,玄宗动摇起来,目光在两人之间来回游弋,无法做出决断,更不知道怎样处理这截然相反的意见了。只好接着听下去。

姚崇看倪若水举出刘聪的例子来,轻蔑地笑了笑说:"皇上,刘聪不过是当年的地方军阀,有什么德行。要说德行,难道当今我们大唐还比不过一个军阀? 再说,古代那么多贤明君主、忠臣良将遇见自然灾害,难道都是因为欠缺德行? 而且,倪大人,现在蝗虫在倪大人的辖区吞噬庄稼,引起灾荒,百姓因此流离失所,难道倪大人的德行也有所亏欠? 更关键的是,历代的蝗灾,有时捕杀不尽,并不是因为德行欠缺所致,而是因为人不够努力。"

姚崇这几句话,说得倪若水哑口无言,他尴尬地站起来,退到一旁。

玄宗看见倪若水无话可说,不由得轻轻点了点头,赞赏着姚崇的口才。他示意姚崇继续说下去。

姚崇继续讲道:"陛下,自古代以来,治理国家的大政方针并不会完全相同。有些看起来符合经典,但却迂腐不堪;有些则看起来违背古训,但却符合现实。以前,魏国国君因为不忍心伤害蝗虫,结果导致庄稼绝收,老百姓甚至吃人;秦代发生蝗灾,人们为了活命,把牛马的皮毛都吃了。"

听到这里,玄宗养尊处优的脸上露出明显的诧异和不忍。姚崇观察到这一点,便继续说道:"今天山东的情况比那时还要厉害,蝗虫孳生之处,遍地都是,如果农田没有收成,人民就要流移,国家的根基就会不稳,这实在是关系国家安危的大事。皇上一定要组织官员百姓全力捕杀,即使无法根除,也总比不管好。臣知道皇上仁慈,不好杀生,此事可以由臣来具体组织。如果因为灭蝗导致任何不测,臣的官职可以全部削除。"

说完,姚崇跪倒在地,额头把地砖叩得砰砰直响。

听到姚崇这样说,玄宗终于下定了决心,他高声说道:"宰相说得有道理,传朕的旨意,从今天开始,一切有蝗灾的地方,统统组织所有力量消灭蝗虫!"

百官们齐声应道:"皇上圣明,天下之幸。"姚崇带领着大家一起跪谢之后,长长地舒了一口气。

不久,早朝结束,姚崇走出宫门,忽然听到身后有人呼喊,他一回头,看见黄门监卢怀慎跑了上来说:"梁国公,蝗虫是天灾,怎么可以只用人力解决?现在我们不少人都觉得,残杀这么多生命,有伤和气啊……"

"不用说了,"姚崇正色道,"古代楚王吞食水蛭止血,就治好了疾病;孙叔敖斩杀双头蛇,却获得了好运。赵宣是贤人,却不喜欢狗,而孔子是圣人,也并不吝惜羊。他们都是以人为本,所以才坚持了原则。现在怎么能因为害怕杀蝗虫的残忍,却导致老百姓的生存受到威胁?如果因此带来报应,就让我一个人承担,和大家都没有关系!"

说完,姚崇拂袖而去,卢怀慎羞愧地退下了。

几个月后,从山东传来好消息,经过军民的全力捕杀,蝗灾已经消退。当地百姓无不感激天子的恩德,夸赞姚崇的清明。原先那些极力反对的迷信官员,也由此闭上了嘴。

姚崇在坚持捕杀蝗虫的辩论中,利用了"列举故事"和"承担责任"这两种口才智谋。前者主要通过历史上发生过的客观事实,说明自己观点的正确,后者则通过明确责任,强调对方不应逃避应该肩负的义务,从而逼迫对方同意,换取他们的支持。当然,对于自己肩负的责任,姚崇也果断地发表言论,表示将主动承担,化解对方心理压力的同时,体现了自己的勇气和坚定的立场。

事情的成败与否涉及到很多方面的因素,虽然有时候只靠人力并不一定会成功,但人不努力,一定不会成功。

李逢吉独特"说情"

唐穆宗长庆四年,炎炎夏日的午后,黄狗卧在青石板的路面上,伸出舌头喘着气,偶尔路过贩冰的小车上那叮当直响的铃声,惹得院子里的孩子频频张望。整个长安城笼罩在一片热烘烘的空气里。

此时,在长安城的府衙后堂中,却颇不宁静。一群官员集中在这里,正乱糟糟地议论着上午听说的事情。

正在发言的,是刚刚坐定的陆大夫,他在朝中向来以耿直著名。陆大夫是个胖子,因此特别不耐热,一边说话一边摇动手里的折扇,即使这样也无法驱赶额头上冒出的汗珠。

"县令崔发,发现有人在殴打百姓,秉公执法,将打人者抓起来打了一顿。这并没有什么不对!为什么皇上要过问这种小事?"

"陆大夫,你刚来还不知道吧,"尚侍中素来以消息灵通著称,他回答说:"崔发处罚的,并不是一般的豪强,乃是大明宫中有名的秦三啊。"

"秦三?我怎么没听说过这个人。"陆大夫还是不解其中奥秘。

一旁在喝茶的岳尚书向来和陆大夫有点不睦,此时便放下茶盅,语带讥讽地插话道:"陆大夫,你果然是清流,不问世事。这秦三乃是当今天子身边最受宠爱的小宦官。你怎么连此事都不知道?秦三不仅在长安城飞扬跋扈,居然还跑到周围的这些小县城去搜罗珍宝玩物,其实不过是打着皇上的旗号,在外面为非作歹罢了。"

经过岳尚书这么一说,陆大夫才恍然大悟,因此也就没在乎其中的讥讽之意,而是紧皱眉头问："那么,皇上打算怎么处罚崔发呢？"

"恐怕没有什么好果子吃了。"尚侍中叹息着说,"何曾有人敢对皇上身边的人如此不敬,平常那些小官,想巴结这些宦官还巴结不上呢。我看,崔发之命休矣！"

"不至于吧……"陆大夫半信半疑地说道。

正在这时,外面传来一阵脚步声,众人抬头一看,是同僚方谏议,他是专门向皇上进谏的言官,因此在宫中认识的人多,便特意先去皇宫附近绕了一趟,打探消息。

"怎么样？"大家焦急地问道。

"皇上大怒,已经下令将崔发抓起来,听说十日后要处斩。"方谏议无奈地说道。

"这怎么行！"陆大夫停止摇扇,瞪大眼睛说:"崔发是县令,他做的事情符合法律,为什么遭此大难？诸位,我们都是读书人,不能坐视皇上如此处理,必须要上书！"

"说得对。""现在就起草吧。"大家议论着。

于是,几名官员让随员安排了笔墨,就在各自的席前奋笔疾书起来,毛笔在纸张上刷刷地移动着,发出"沙沙"的声响……

几天后,还是这群官员,又聚集在府衙后堂。

"陆大夫,你的奏折情况如何？"

"我说崔发从法律上没有做错,但皇上否了。你的呢？"陆大夫抱着一丝希望问方谏议。

"我说的是为官的大义,但也一样被否了啊。"

这下,气氛比平时更为凝重,各人都不再开口,一味想着心事。半天后,岳尚书打破了沉闷的气氛。

"不如请李逢吉出马吧。李逢吉不仅诗文写得好,能说会道,而且心眼也多。平时还非常善于捕捉皇上的心思,我想这次也错不了。"

大家如同抓住了最后的希望,纷纷表示赞成。于是立刻动身去李府。

听说了他们的来意,李逢吉微微点头,说道:"各位大人能正直进言,真是我朝的洪福,也是百姓的福祉。我怎能落后?请诸位在此稍坐,我就进宫一趟。"

说完,李逢吉安排轿子,送自己进宫去面见穆宗。

唐穆宗此时刚刚午睡结束,心情不错,正在和侍从谈论着近日阅读的书籍。听说李逢吉有事面圣,觉得正好能和他聊聊,便欣然应允了。

"皇上近日可好?"李逢吉跪倒在地上问道。

"不错,起来吧。"穆宗笑着问道,"爱卿,今天来是不是又有什么要进谏的?"

"皇上圣明,听说县令崔发被抓了,要判死刑?"

穆宗的脸色顿时变了,说道:"是的!"

李逢吉观察着穆宗的表情,谨慎地说道:"他居然敢杖责您身边的人,真是胆大妄为,死不足惜!"

穆宗没想到李逢吉如此支持他,警觉的表情松弛下来说:"可不是吗,那些大臣居然还上书为他说情,他们越是说崔发做得对,朕就越要杀他。否则,今后朕的奴才,还怎么出宫办事?是不是要朕亲自出门采买御用的东西?"

李逢吉一边点头,一边说道:"皇上说得对,这种大胆的官员,自然应该好好处罚。不过,皇上恐怕还有所不知……"

"哦?你说说看。"穆宗好奇地问道。

"崔发虽然大胆,但他事母至孝,是有名的孝子。他老母八十多岁了,还身体健康,不能不说是崔发孝顺的关系。如今皇上如果杀了他,恐怕和您一贯提倡的以孝治国有点……"

"这样啊……"穆宗深深地吸了一口气,眉头锁了起来,良久,他悠悠说道:"爱卿,如果不是你的提醒,差点让我背上了骂名。如果那些大臣像你这样来为崔发说情,我早就同意了。放人吧。"

李逢吉口称万岁,伏地叩首谢恩。他紧紧贴在双手的脸上,露出一丝别人无法看到的微笑。

为什么同样的问题，其他官员按照法津、原则和大义无法说动穆宗，而李逢吉却能轻松达到目的？因为他掌握了最重要的一个字——"情"。唐穆宗虽然是最高统治者，但他和常人一样也有感情，尤其需要提倡"孝"这样的伦理道德和家庭情感来维护他的统治。因此，当李逢吉表面上先同意他，再利用"情"来实际上提出相反建议时，穆宗就明白了自己应该选择的做法。

李逢吉所使用的就是口才智谋中简单而实用的一招——"以情动人"。比起空洞虚无的大道理，靠感情因素来说服别人，注注更为直接有效。

一味讲大道理，拒绝用感情打动别人，会导致社交的失败。

善于社交的人最容易观察到他人的感情起落，利用感情和别人接近、交流和沟通，注注更容易达到自己的目的。

张相升批评皇上

宋仁宗年间的一天,东京的皇宫内——

"宣御史大夫张相升进宫——"下朝以后,传令的阮太监来到等待的朝房中,高声传唤着。正在和同僚谈论政事的张相升连忙从椅子上起身,和其他人简单打了个招呼,便跟随太监向宫内走去。

阮太监对张相升很熟悉,由于这位御史大夫脾气耿直,经常求见皇帝上奏折,深受皇帝信任,所以宫内的太监都知道他的大名。

大概是想打发路上的无聊时光,阮太监一边走着,一边向张相升问道:"张大人,听说这次京城又来了一批贩卖珠宝的客商,大人可有光顾他们的店铺?"

张相升笑了笑说:"我啊,从小对这些玩物就没什么兴趣。"

阮太监感到话不投机,便转移了话题说:"听说,樊楼最近又添了个新厨子,他做的时令鲜果可真不错。大人有没有去尝尝?"

"这个嘛,我除了招待同僚或者老乡,自己是从不去街上酒楼的啊。"张相升一本正经地说道。

"哎呀呀,"阮太监那白皙的脸上笑得起了皱纹,"张大人果然和外界所说的一样,是个简朴正直的人啊。"

"哪里,阮公公,我从小贫寒,幸而成为国家的大臣,自然应该多花费心思在辅佐皇上的方面,而不能过多地想着自己。"张相升回答说。

这样说着,两人已经来到了御花园。宋仁宗喜欢赏花,所以有时候也在花园中接见官员。阮太监把人带到皇上面前，便恭恭敬敬地退下了。

仁宗正在俯身观赏着花圃中怒放的牡丹，看见张相升来了，微微一笑说："御史来了啊。你前几天给我的奏折，我看了。不过我有点奇怪，你出了名的节俭，日子过得不怎么样，挺寒酸的，所以朋友也不多，孤孤单单。可你奏折上谈论的却都是丞相应当关心的大事，你到底图求什么呢？"

说完，仁宗直起身子，把玩着手上的玉如意，双目直视着张相升，等待他的回答。

张相升没想到仁宗传他进宫，并不是先问国事，而是先嘲讽几句，便耿直地回答道："启禀皇上，微臣本是一介寒儒，蒙皇上恩德，才能当官，如今衣食无忧，又开阔了眼界。因此既不寒酸，也不孤单。"

"嗯。"仁宗听着很受用，微微颔首。

"不过，请陛下恕罪，微臣倒是觉得皇上您才是真的寒酸和孤单。"张相升直言不讳地说道。

"什么？"宋仁宗哑然失笑："张御史，你不承认也就算了，反倒说起朕来。那么你就说说看，我怎么个寒酸和孤单呢？"

"陛下，天子以四海为家，所以应该是最富有的人。但是，现在朝中没有多少可靠的贤臣，对外也没有足以震慑四方的名将，而很多官员却天天在自己的位置上拿着俸禄混日子。陛下您纵然三头六臂，一个人也无法治理好天下，必然需要帮手，可如今这种情况，岂不是让你相当寒酸和孤单吗？"

这一番话让仁宗陷入了久久的思考，过了一会儿，他点了点头说："张御史，跟你说话，总是让朕对自己有更清醒的认识。你说得对，以后请继续进谏吧。如果朝中的所有大臣都能像你一样，真是我朝之幸啊。"

这件事后来传到了朝野上下，人们在敬佩张相升勇气可嘉的同时，也对他多了一份尊敬。

"以其人之道还治其人之身"，即使是面对皇帝，张相升也敢于使用这样的口才智谋。一方面得益于他的勇气，另一方面也来自于他的口才技巧。

在交谈中，我们常常会面对被别人质疑或者否定的情况，如果处理不好，很可能导致进一步丧失谈话的主动。其实，我们完全可以拿别人质疑我们的理论，反过来质疑他们，拿别人描述我们的缺点，反过来描述他们。

当然，这一计谋的前提是必须要言之成理，说得别人心服口服，这样，辩论的对手会意识到自己也具备同样的特征，并理解说话人的处境，就此转移谈话注意力，同意说话人观点。

简朴是美德，即使在富裕的生活环境下也同样如此。而对财富的定义，决定了人们活得是否充实。

学习、工作和社交能力是人生宝贵的财富，物质生活和社交圈将因为这些财富而得到充实，没有这些，即使短暂地享受着奢华的生活、虚假的友谊，人生也难免空虚。

方腊片言激同乡

北宋末年,天灾人祸越来越频繁。而只知道享乐的徽宗皇帝并不知道危机悄然来临,他还在盲目追求把皇宫内的庭院装饰得更为美丽,并因此下令在全国搜集奇石和树木。地方官为了乘机从中巴结上司和牟取不义之财,便无休无止地征用老百姓,组织起运送大军,向东京汴梁浩浩荡荡地进发。

这天,浙江清溪县组织的花石纲队伍走到了江北某县,天色已晚,扎营休息。由于白天的疲惫,无论是民夫还是押运的官员,都很快进入了梦乡。

正当整个宿营地鼾声大作时,一条黑影却慢慢地摸出了帐篷,然后三步并作两步,翻身上了一匹快马。他拉着马头的缰绳,约束住马的脚步,等离营地越来越远时,这人使劲夹了下马肚子吼道:"驾!"人和马就此迅速地消失在了夜色中。

这人便是方腊,他离开花石纲的队伍,决定回到家乡。

方腊是浙江的农民,生活原本过得还不错。然而,和其他许多农民一样,他的人生被地方官搜集花石纲的计划彻底打乱了。每次想到这里,方腊都一阵难过,继而心头平添起对大宋朝廷的愤恨。

但问题也是明摆着的,自己只是一个农民,真的会有人响应吗?更何况,宋朝统治了如此之久,谁又敢于反抗它的暴虐呢?

"一定要说服大家推翻宋朝!"方腊在路上对自己说道。他看了看升起的日头,从小路一溜烟地向故乡疾驰而去。

方腊回到家乡的消息不胫而走,不少暂时没有被编入花石纲大军的老百姓都来看望他，并伸出大拇指说："方大哥厉害！"这样过了几天，方腊观察到人们的情绪积累得差不多了，便设宴招待这些探望他的苦兄弟们。

"各位兄弟，我有幸逃出花石纲的队伍，再也不想回去了。所以请大家喝酒，今天不醉不归！"方腊豪爽地说道，带头喝了一碗酒。

"好！""谢谢大哥！"来参加宴会的很多都是小伙子，看见方腊如此，也纷纷效仿着一口气喝干碗中浑浊的酒。

"各位，我在押运花石纲的路上，碰见过这样一个家庭。"方腊坐下来侃侃而谈。大家见他要说途中见闻，便把目光集中到他身上。

"这个家庭有众多弟兄，弟弟们总是每天忙着劳作，起早摸黑，辛辛苦苦，才能得到一点粮食和衣物。可是，这家的大哥却从不劳动，只知道挥霍，把他们家的财产全部败掉了。不仅如此，他还拿着财产去巴结外面强大的对头，对头靠这些财产变得更强大更贪婪，继而不断地来勒索这个家族。到最后，弟弟们肩膀上的担子越来越重了。那个当大哥的却毫不顾惜他们，还经常对他们非打即骂！"

"什么，有这样的大哥……"小伙子们义愤填膺，有的人破口大骂，还有的人攥紧了拳头。

"各位，你们要是这样的弟弟，会一直忍受下去吗？"

"当然不会！"迎接方腊的是众人熊熊燃烧的目光。

"当今朝廷，就是这样的大哥！昏庸无能的徽宗，只知道自己享乐，而贪官污吏则中饱私囊。老百姓每天辛苦劳动，却连肚子都吃不饱，还要受这些人的欺侮！"

方腊说着，眼角滚出了热泪。人们见此情景，安静地听着。

"朝廷的官员是管理百姓的，应该为百姓着想，确保大家衣食无忧。可是，他们只想自己，不顾我们，我们岂能不愤恨？而且朝廷每年还要把百姓的血汗钱都送给西夏和大辽，这些少数民族因此更加轻视我们，每年都要发兵攻打我们，勒索钱财。我们不正是那家的弟弟们吗？弟兄们，你们说我们该怎么办？"

"都听大哥你的！"参加宴会的人群情激奋，空气似乎就要爆炸。方腊抽出案下的朴刀,高高举起吼道:"反了!"

于是,震惊大宋的方腊起义爆发。短短几年后,北宋在内忧外患的夹击下灭亡。

方腊并没有一开始就说宋朝的腐朽没落,因为这样的国家大事并不是普通农民能理解的。他采取"以小喻大"的口才智谋,即提出一个谈话对象可以感受的概念,反复强调,从而最终获取他们对自己真正的理解和支持。

在采用这一口才智谋时,我们应当注意到"小"和"大"之间应该有着明确的相似点,比如方腊采用家庭来比喻国家,就非常恰当。如果对"小"和"大"关系生搬硬套,逻辑生硬,那么对方也很容易挑出毛病,并怀疑你的论断。

激发别人的热情,借助他人的支持扩大个人的势力。因此,请学会在关键时刻,调动他人情绪,获得广泛的支持。

朱元璋征前演说

1367 年,应天城普通的一天,集市中传来喧闹的叫卖声,而位于城市中心的吴王府,却戒备森严,鸦雀无声。偶尔有威武的士兵,手执明晃晃的长矛,从门口巡逻而过。

这一年,从贫民起家的吴王朱元璋终于战胜了陈友谅、张士诚等军阀,统一了长江流域,深陷战火和饥荒数十载的江南人民,终于可以在重新稳固的政局下喘口气,享受难得的和平与宁静。

最近,各地的将军接到吴王命令,让他们今天齐聚王府,共商大事。此时他们已经按次序端坐在大堂,凝神静气,目光齐刷刷地看向坐在中央的朱元璋。

朱元璋,当年在草丛中寻觅食物的小乞丐,此时已经隐然有帝王之气。他端坐在太师椅上,志得意满地看着手下的爱将们。这其中,有能征善战的徐达、威武刚毅的常遇春、身经百战的邓愈、从未后退的冯胜,还有足智多谋的李文忠、李善长……看着手下这些正值壮年的得力人才,朱元璋内心十分高兴。

"诸位!"朱元璋迅速调整好情绪,高声说道,同时,他那如同狼一般敏锐的目光掠过每名将领的面孔,仿佛能看穿他们内在的灵魂。

"诸位,我军已经统一了长江,百姓从苦难中被拯救出来了!现在山东的军阀王宜,反复不定,让人厌烦;河南的扩廓,听说专横残暴;山西的军阀李思齐、张思道,气焰嚣张地忙着相互猜疑争斗。这一切,看来都是腐朽的元朝快要完蛋的前兆!"

短短几句话,说到了手下将领们的心坎上,他们的目光相互短暂触碰一下,又迅速地分开了。谁都知道,接下来吴王朱元璋要说的,将是开创历史的言语。

中国青少年智慧阅读书系

"大家都知道,江南百姓虽然脱离了苦难,而广大中原地区却还深陷苦海。所以,现在我们应该举行北伐,将那里的老百姓从水深火热的境遇中拯救出来。大家可以提提自己的看法,应该如何去获得胜利?"

朱元璋说到这里,向后靠在椅子上,目光和缓下来,等待众将的提议。

短短的静默之后,急性子的常遇春跳了起来说道:"吴王,元朝的军队早就没有当年的战斗力了,他们长期懈怠,忙于休闲安乐,而我们的部队却久经沙场。用我们这样的军队攻打元朝的大都,一定势如破竹,指日可下!"

听着常遇春的话,有的将领颇为激动,连连称是,也有的将领流露出质疑的表情,还有的将领开始窃窃私语。朱元璋耐心地等大家安静下来,然后示意常遇春坐下,自己站起来拉开了墙上悬挂着的地图。

诸将的视线一下被拉到图上。朱元璋指点着地图上的黄河流域说道:"元朝建国已经有百年多的历史,其力量并不会一朝一夕就消亡。你们看,目前北方都是元朝的疆域,一旦我们孤军深入,军粮供给困难,加上元朝其他军队集中起来包抄我们后路,那么我军很可能失败!"

众人的视线随着朱元璋的手指移动,心思也被他的话语紧紧抓住,想到面临的危险,有人轻微地点了点头。

朱元璋敏锐地观察到大家的担忧,然后信心十足地说道:"不过,我也想出了应对的办法。就是分而击破!我打算,先攻取山东,这样,大都的屏障就没有了;然后挥师到两河地区,这样,大都南面的藩篱也拆除了。再向西,拿下潼关,并且在此驻军,元寇会无法西窜。"

朱元璋如此说着,手指在地图上已经画出一个顺时针方向的包围圈。然后他一拳砸在元大都方向大声说道:"这样,元朝在大都的势力就被割裂开了,也无法依靠任何援军,就算不打也能拿下了。在这之后,我们再竖起大旗,由东向西进攻,那么,西北、西南的元军也必将望风而降。诸位同意吗?"

手下众将已经被朱元璋提出的战略深深吸引,他们连连称赞道:"好!"

中国青少年智慧阅读书系

　　之后的战势走向，完全按照朱元璋的设计进行着，短短一年之后，元朝灭亡，朱元璋建立了明朝，成为了开国皇帝。

　　作为义军领袖，朱元璋对于如何北伐早就有了自己的计划，但他并不是一开始就公布计划，这样会导致下属们没有足够的思考时间，而难以消化和接受。与之相反，朱元璋先讨论当今的天下大势，然后提出目标，再请下属发言，接着指出其不妥之处，引起谈话对象的充分思考，最后才说出胸有成竹的战略部署，结果获得了意见统一，形成了正式的战略决策。

　　可见，想要让别人接受自己的计划，即使身为上级，也不能强行布置和推进，而应当运用"渲染烘托"这一口才智谋，让别人发自内心地赞成和执行自己的计划。

　　仅仅看到最想要的结果是不够的，进程中的困难更需要加以理性分析，并依次耐心地解决它们。

　　一步步坚实地接近成功，你才能获得最终的胜利，实现自己的梦想。

杨一清巧计除奸阉

明朝正德年间的北京城,比起上百年前明成祖刚刚在这里定都时,繁华了许多。大街小巷里,星罗棋布地建造起各式各样的建筑。其中,最热闹的要数那些酒楼了,热情的店小二,肩膀上搭着白毛巾,笑容可掬地站在楼下。身后飘出诱人的香味、喧闹的笑语,引着南来北往的客人进去歇歇脚、喝喝酒、聊聊天。

右都御使杨一清现在就站在"醉仙楼"的小阁子包厢内,不时探头向装饰精美的窗外望去。

杨一清是朝中的重臣,前段时间刚刚出征平定了安化王朱寘鐇的叛乱,回到朝中,虽然恭贺者络绎不绝,他却经常托病谢客。今天却不知道为何,偏偏来到这家普通的酒楼内,等待着什么人。

"怎么还没来?"杨一清有点儿着急地问侍立在一旁的小厮。

"老爷,我刚刚打听过了。张公公已经出门了。"小厮恭敬地回答说。

"嗯——"杨一清踱回桌旁,重重坐下说道:"今天我见的是张永总管,你应该也知道这位张公公的身份。一会儿客人来了,你就出去,不要多事。如果传了出去,我拿你是问!"

"是,老爷,您放心。"小厮回答说。

话音未落,尖细的声音从阁子外传来:"呦,杨大人!怎么在亲自管教下人啊!"接着门帘一挑,走进来一位年老的太监。很显然,他已经换下了朝服,穿着平素常见的青布长衣,戴着四方头巾,让杨一清看起来感觉很不习惯。

"哈哈,张公公!"杨一清连忙站起来拱手施礼,趁着这机会,小厮轻手轻脚地出了阁子,关上门。

被称为张公公的太监略微一回礼,和杨一清谦让着坐在八仙桌旁道:"杨大人,从平定叛乱开始,我俩可是好久没喝过酒了。"

"那是,一来呢由于我有点琐务,二来呢,也怕张公公宫中事务繁忙抽不开身。所以,一向不敢相请。还望恕罪。"杨一清这么说,也并不全是客套。

"哪里,杨大人,你我投缘,犹如兄弟至交,以后千万不要这么客气。不过,今天请我来,大概并不全是喝酒吧。"张公公虽然微笑,但眼神中却带着些许的疑问。

"张公公真是睿智。这次主要是因为讨伐安化王的叛乱大获成功,说起来是我统领,其实还是和您担任监军有着密不可分的关系,今天我特地设宴感谢。"

"不,不,杨大人真是自谦啊。"张永和所有人一样,愿意听称赞的话。

"不过,击败这样的公开叛乱并不困难,难的是对付国家的内患啊!"杨一清话锋一转说道。

"哦?请问谁才是内患呢?"张永满脸不解。

杨一清伸手在桌上写了一个"瑾"字,抬眼看了看张永。很明显,这是指宫内最大的太监刘瑾。

但见张永深吸一口气,脸上起了一层阴霾:"这个人,整天都侍奉皇上,在宫廷内外都有很大势力,耳目众多,徒子徒孙就更多了,我看恐怕难以撼动啊。"

"张公公,"杨一清知道此时是关键,便不顾礼貌,打断了张永的话,他慷慨激昂地说道:"公公,这次皇上把讨伐叛乱的任务交给您而不是别人,说明皇上对您的宠信啊。如今,叛乱已经平定,您在皇上眼中一定有更高的地位,如果您在上报军情和战功时,能够乘机指出刘瑾的为非作歹之事,然后极力向皇上禀报您在平叛过程中见闻的百姓怨恨,向皇上警示百姓被逼上梁山的后果。这样,以皇上的英明神武,一定会了解到事情的危急,并听从您的建议,诛灭刘瑾。这样,以后您也会更加受到皇上的信任,改变以前刘瑾搞出来的弊端,重新收拾人心。我想，历史上也会有您的好名声啊！"

张永看见杨一清激动的样子，知道他并不是来试探自己，更何况，杨一清也曾被刘瑾陷害，差点儿死于非命。他想说什么，话到嘴边又咽了下去，而是说："但是万一皇上不听我的，我该如何？"

杨一清坚定地说："您这是为了国家大业，一定会成功。万一皇上不信，公公只要以头撞地，拼命哭泣进谏，甚至像是要用死来表明自己心迹，让皇上感受到您的忠诚。只要这样感动了皇上，皇上也一定了解您的意图。只要皇上点了头，我这边已经全部安排好了，定能拿下奸贼。"

张永听说事情大有希望，内心也害怕此时不参加，以后就一定会被轻视，于是他果断地说道："好！既然杨大人做了准备，老奴也就不必爱惜性命了，我将竭力报答皇上的恩情。"

不久之后，刘瑾果然被捕伏诛，朝野上下一片欢腾，而杨一清和张永也成为了有功之臣受到表彰。

想要别人能跟着你行动，一定要让他看见方法和步骤的可行性。如果杨一清不说清楚张永的优势所在，后者当然只想自保，不愿意出手去揭发刘瑾。正因为杨一清全方位剖析了张永既受到皇帝信任，又得到从文武百官到黎民百姓的支持，张永才有勇气去采取行动。

另外，当对方迟疑不决时，不妨给他提出更多的预备方案。这样，对方会感觉自己的选择更充分，更有效，也就有更多信心听从你的建议。

这样的口才智谋，可以命名为"出谋划策"法。如果运用得巧妙，将能够借用更多人的力量，帮助你游刃有余地实现成功。

很多情况下，应该积极寻找并且依靠一切可以信赖的朋友，以达到自己最重视的目标。即使是能力再强的人，也需要善于获取盟友的援助。

杨善说回明英宗

出塞以后,手执节绶的杨善不由得在马上裹紧了自己的斗篷。

杨善是代表大明朝廷出使瓦剌的,因为他一向以口才好著称,又是当朝的礼部尚书,所以这次当选使节可谓名正言顺。此时虽然仅仅向北走了几十里,他已感觉到来自朔方的寒意,在裹挟着沙粒窜来的风中,杨善更怀念那明媚的北京城了。

"这里的气候就已经同京师有了明显的不同,看来,英宗陛下在瓦剌人手里吃苦不少。"杨善带着几分忧心对随从说道。

随从也附和说:"是啊,大人,上次听您说,想要以口舌之辩迎回被俘的英宗,大人真是厉害!"

杨善笑了笑,没有理睬随从的奉承。他想到,在土木堡之变中,明朝承受了奇耻大辱,不仅兵败如山,甚至连皇帝英宗陛下都被瓦剌活捉。后来于谦执意拒绝迁都,才获得北京保卫战的胜利。现在,明代宗让自己携带金银宝物出使瓦剌,这正是谋求和平、迎接英宗回朝的良机。自己又该如何承担如此的重任呢?

第二天,在瓦剌宽阔温暖的帐篷中,也先盘腿坐在羊毛毡上,杨善端详着他那同中原人迥异的五官,那里布满了风沙与岁月留下的痕迹。相比起当年在土木堡的彪悍,也先的性情似乎已经变得温和不少。他大咧咧地敬了杨善一杯奶酒,然后才说道:"使节大人,这次,皇上赏赐给我的财物很多啊。"

杨善说:"想当年英宗陛下在位的时候,你们派往我朝的使节一次就有三千人,我皇赏赐的财宝比起现在恐怕更多,车辆装载金币送往这里络绎不绝。为什么你们还会悍然进攻我们？”

也先不满地说：“那是因为你们先压低我们卖出马匹的价格，赏给我们的丝帛又易破裂，还不让我们的使者回来，而且每年都减少给使团的赏赐。”

“不，所谓压低马价，是因为你们每年进贡的马匹都在增加，我朝难以一下支付大量的银两，又不忍心拒绝，才降低了价格。但你们的总收入难道没有增加？至于丝帛质量不好，是我们的翻译偷偷做的，他已经伏法了。何况，你们的贡马也并非全都是良马，这难道也是你的意思？”

也先眨巴着眼睛，无话可说。

杨善继续说道：“你们来的使者有三四千人，有的人是因为犯了什么罪行，或者违背什么礼节，甚至干脆是贪图富贵，自己偷偷跑了，跟我朝没有任何关系，再说我们要扣留他们做什么？至于减少赏赐，只是减少了使节虚报的人数，该给使团的赏赐绝不可能贸然减少。”

杨善理直气壮地列举事例，也先终于点头称是。

看来，是时候反守为攻了。杨善下定决心继续说道：“您两次进攻我朝，致使我朝几十万军民丧命，而您的手下也死伤累累。上天有好生之德，您却嗜好杀生。因此，上天一定会警告您的。不过，如今您要是归还英宗陛下，我们一定可以重修旧好，我朝的赏赐也会增加，对您来说这不是好事吗？”

也先想到自己的弟弟也死于战火，不由心中一阵翻滚。但他很快明白过来杨善究竟想要什么，便狡猾地捋着长长的胡须，观察着杨善的表情说：“是吗？不过，你带过来的外交敕书可没写过这个内容。”

“当然不会写，这是要让您自己去完成，而不是听从我朝的命令。否则，就不是您的原意，而是被强迫的了。”

“这个……”也先想不出什么话来反驳，便改变了话题：“那么，上皇回去还能做天子？”

"皇位既然定下，难以改变了。"

"那么我听说的尧舜禅让是怎么回事呢？"

"尧舜禅让，正和今天英宗陛下让位给代宗陛下一样啊！"

看到杨善无懈可击，也先身边的官员昂克忍不住插嘴说："既然想要回上皇，为什么不重金来赎？"

"哈哈哈！"杨善笑起来说："要是拿钱来赎买，所有人都会说瓦剌首领是贪图金钱的人啊。但我们不这样做，就能显示您是大丈夫奇男子，不计前嫌旧怨，今后能青史留名、后人敬仰！"

想到自己作为一个少数民族的首领，却能青史留名，也先嘿嘿地笑了起来："好吧！就这样办，把上皇还给你们！"

虽然瓦剌其他官员面面相觑，但也先决定的事情不可能改变，第二天，英宗便跟着杨善踏上了回乡之途。

炼智 想要让对方同意你的要求，不仅应该让他看到自己这么做的利益所在，更重要的是可以通过指出对方的错误，消解他内心的不平衡感，让其产生内疚和负罪的心理。

也先一开始对明朝心存芥蒂，觉得遭遇了种种不公，而杨善通过阐述，引导他认识到战争实际上是自己犯下的错误，现在更不应该知错不改，扣留英宗。在这样的共识上，杨善再强调释放英宗带来的利益，也先同意放人也就顺理成章了。

悟理 没有必要觉得向他人提请求是一种耻辱，看清应该向谁请求、怎样请求，才能向正确方向努力。

找到最有发言权的对象，将他们当做争取的主要人物，从一开始就吸引他们的注意力。并给对方提供足够正面的心理暗示，使他们更易接受要求。

康熙御下之道

"皇上,施琅奉旨进宫来了。"太监对正在闭目养神的康熙轻轻说道。

这是康熙二十七年(1688 年)紫禁城的一个清晨,素来早睡早起的大清皇帝康熙已经用完膳食,散步已毕,趁着一天忙碌尚未开始的时候,坐下休息。听说施琅已经来了,康熙睁开了眼睛。

"传施琅。"

"传施琅!"太监应声说道,屋外走廊下的太监早就竖起耳朵听着,便赶紧如回声般喊道:"传施琅——"

在阵阵的呼喊声中,身穿黄袍马褂的施琅走进了乾清宫。施琅已经六十七岁了,花甲之年的身躯上,依然难掩骁勇本色。这辈子,他叱咤东南海疆,先跟随郑成功,又归顺清朝,并立下了载入史册的功勋。但是,施琅有时候还是会忍不住问自己:"皇上真的需要你吗? 他真的会信任你的忠义吗? "

施琅这样想,并非没有原因。作为汉人,又曾经手握重兵,在本朝受到重用的没有几个。更何况,施琅还知道因为自己性格直率,不喜说谎,不爱玩弄花招,见到错误就要指出,得罪过不少朝臣,他们完全能找到机会在皇帝陛下面前说自己的坏话,从而令自己的处境更加不妙,而自己会因此受到怎样的对待,只能看皇帝本人了。

在这样的忧思中,施琅接到康熙的圣旨,自然惴惴不安,他很早就来到紫禁城等候召见。此时听到传唤,便尽可能地快步走入殿内,双手拂下马蹄袖跪倒在地说:"给皇上请安。"

"朕安好。施老将军请起。"康熙说道,"前些天朕的赏赐,你都收到了?莫要辜负朕的一片心意。"

施琅站起来,听到赏赐的话,连忙又跪下说:"谢皇上隆恩,臣无尺寸之功,却得到赏赐,真是惶恐之至。"

"施将军请起来说话。"康熙示意他赶紧起身,接着说道,"谁说你没有功劳了?你先前担任内大臣有十三年,当时,某些满人对你有看法,但只有朕相信和了解你,所以才器重你。果不其然,你后来的确没有辜负朕的信任,渡海收复台湾,消灭了郑氏家族的政权。那时候就有人说了,说你居功自傲,我就让你来京给他们看看。后来,又有人说你应该就此留在京城,免得在外面扩大自己的势力。但我想,战争岁月我任用你,毫不怀疑你的忠诚,到了太平盛世,我又怎么能开始怀疑你呢?所以,我还是让你回了台湾任职,所以你更应该谨慎努力地工作,履行职责,才能保全自己的荣誉啊。"

施琅长期在台湾居住,很少上京城,所以这次来京才会忐忑不安,不知道康熙对自己有什么看法的改变。现在听康熙如此说,内心高悬的石头落了下来,他感激地说道:"可是,微臣已经年老力衰,恐怕无力担任现在这个重要的职务了。请陛下另选年富力强的大臣吧。"

言下之意,是自己并不贪恋权位,也不奢求能一直担任地方的重要官员。希望由此彻底卸去皇帝的戒心。

康熙当然知道施琅的意思,他还是和蔼地说道:"你这样的大将军,我只看重智慧才能而不看重实际的力气。所以,我只要你头脑里面的能力,不需要你的手脚力气,你接着好好干吧。"

听到康熙如此说,施琅再也不怀疑自己获得的信任,不由得心潮起伏,激动不已,连忙跪倒在地,久久不能起身。窗外的阳光投射进来,君臣二人笼罩在一片暖融融的晨光里。

施琅长期镇守边疆，无法接触皇帝，再加上还有不少关于他的非议。面对这样的情况，康熙应该如何在短短的时间内让他感受自己的信任？应该说，康熙用自己的行动交给历史一份不错的答卷。

想传递自己的好感和信任，并不需要说什么过火的赞美，这样显得言不由衷，甚至虚伪。对方即使一时感动，回味起来也觉得大有问题，产生与一开始相反的效果。像康熙这样"陈述事实"的口才智慧，直抒胸臆，表明自己的立场和态度，才会让对方感受到诚意，并愿意接受和回报你的信任。

越讲究技巧、越注重方法，有时候越达不到良好的效果。反过来，把事情简单化，采取坦诚真实的心态来对待，却能得到满意的效果。

过多的怀疑、设计，会让我们陷入泥潭。相信自己、相信他人，才能获得支持和理解。

鲁亮侪大胆抗命

中午刚过,鲁亮侪三步并作两步,从侧门进了总督府。

鲁亮侪是清代雍正朝河南总督田文镜府中的参谋,田文镜为政严厉苛刻,其下属做事都极其谨慎小心。鲁亮侪虽然有官衔,却没有实际官职,只能在这里临时办事。今天,他接到总督田文镜的手令,让他前来听命。穿过熟悉的回廊,来到后院的书房前,鲁亮侪大声禀报道:"奴才鲁之裕,拜见大人。"

"进来吧。"田文镜那熟悉的声音在房间内响起。

鲁亮侪走进去施礼,田文镜坐在太师椅上,威严而不失关切地说道:"亮侪啊,你当候补,也有好几年了吧。委屈了你的才华。"

鲁亮侪说:"岂敢,能跟在大人身边学办事,比起担任地方官员,要更为受益。"

"嗯,"似乎这句话让田文镜很受用,他点点头,对鲁亮侪说道,"最近,有人跟我说中牟县的县令李某,政风不正,财务亏空,百姓怨声载道。我打算让你前去,摘掉他的官帽,代理县令。你可愿意?"

"奴才谢总督的栽培!"鲁亮侪跪倒在地,内心有抑制不住的激动。

"好,那就立刻做准备,拿了公文,尽快启程。"田文镜说完,端起了茶盏。

几天后,鲁亮侪回到了总督府,他直接到大堂上求见田文镜。

"怎么回事?"田文镜看见鲁亮侪擅自回来,面色难看地问道:"你不在中牟县治理政事,怎么能擅自回省城?"

田文镜素来以脾气暴躁闻名,他只要面色一变,周围的文武随员都紧张得大气不敢喘。

"奴才有事情想要向大人您报告。"鲁亮侪回答说。

"那先把中牟县的官印交出来。"

"回大人,官印还在中牟县县衙。"

"你交给谁保管?"

"正是那位李县令。"

"呵呵,"田文镜冷笑起来,也不知道是不是因为过于生气和失望,他笑得让人毛骨悚然。笑罢,他看看堂下的左右说:"古往今来,有没有这样去摘官印的人?"

"没有,没有。"谄媚的手下纷纷说道,大家用鄙视的眼神看着鲁亮侪。

还有人站起来向田文镜说道:"总督大人,我们平时没有对鲁亮侪尽到教育、帮助、告诫的责任,结果他现在居然敢如此忤逆长官。一定要严加审问,依法惩办。"

鲁亮侪听见这样的话,不慌不忙地拿下了官帽,跪倒在地磕头后说道:"的确应该让我受到处罚,不过处罚前希望能让我把话说完。"

"你说!"田文镜恶狠狠地说道。

"我本是一个书生,蒙大人的恩典,才能到河南做事。现在,大人能让我做代理县令,我自然高兴,恨不得夜里就能去该县列出仪仗来升堂做事。谁知道我去了中牟县以后,问到的所有百姓和读书人,都夸奖李县令贤明。看到他本人,我才知道所谓的财务亏空只不过是他预借了薪水,去迎接十年没有见面的老母来县里而造成的。如果总督大人您知道这个情况,还让我去摘印,我不摘那是我的过错;但如果大人您不知道这个原因,让我去摘,我就应该回来陈述原因,请求您宽恕他。那样,才不会辜负您喜爱君子人才的贤名和当今皇上提倡孝道的恩德。田大人,如果您真的不同情李县令,那我再去摘他的官印也不迟啊。您想,在总督府内外,还有几十名候补官员在等着官位,我又是什么人,会有官不做,还要违抗您的意思?"

说完,鲁亮侪默默无语。田文镜则一脸漠然地看着他,其他官员怒目相对,有人暗示他快走。于是鲁亮侪也不再磕头,直起身便大步向外走去,快走到屋檐下时,田

中国青少年智慧阅读书系

文镜如梦方醒,喊道:"回来!"鲁亮侪连忙返回。

再看田文镜,将自己头上的珊瑚珠官帽取下,说道:"你过来。"然后,将自己的官帽放在鲁亮侪的头上说:"你是奇男子啊!这顶帽子应该是你的。如果没有你,我就要错怪好人了!只是,我弹劾他的奏章已经出发向京城呈递上去了,你看如何?"

"大人,去了几天?"

"有五天了啊。"

"好,大人,只要您同意,我一定能追上奏章。请您给我一支令箭为证。"

田文镜听了,果然拔出令箭交给鲁亮侪,五天后,弹劾的奏章被追回。中牟县的李县令官复原职,鲁亮侪的名声也震动了天下。

"先说坏事",这是口才智谋中最实用的一招。

在使用这一招时,不妨先告诉对方最不能容忍的情况,等他发怒之后,再予以解释。这样,势必能让对方对问题理解得更为深刻,逐渐平复情绪,接受现实。

反之,如果先解释原因,再告诉"坏结果",则达不到让对方情绪平稳、逐渐冷静思考的效果。很可能彻底激怒对方,让他们不再听取你的陈述。

个人的品牌效应,强于短暂获得的成功。

即使眼前有短期利益,也不可忘记做人的原则和应尽的义务,否则,一时的成功,最终也代替不了持续上升和前进的动力。

吴熊光阻嘉庆游览

清代嘉庆年间的一天,苏州附近,阳光洒在宽阔的河面上,鱼鳞般的波纹反射出层层光辉。几只飞鸟被远处走来的浩浩荡荡的皇帝东巡队伍所惊起,箭一般地掠过了枝头。

这支队伍是从杭州过来的,队伍中前面是威风凛凛的皇家仪仗队、手执拂尘的太监,后面则是高头大马拉着的华美车辆。沿着道路的两边,则站满了全副武装的士兵,警惕地望着周围。

在浩大的阵势中,嘉庆皇帝的御舆看起来最为夺目,这辆大车需要八匹马才能拉动,宽大的车厢就像一个小房间一样舒服。

此时,嘉庆皇帝正得意地坐在这个"房间"内温暖的炕上,惬意地享受着旅行的快乐。他身边陪同的是直隶总督吴熊光。吴熊光素来以学识过人、敢于直言而闻名朝野,从乾隆朝开始就担任朝廷重臣,历任内阁中书、军机章京,直到担任刑部郎中、御史。嘉庆皇帝登基后,他成为了封疆大吏,拱卫京师。

"吴熊光。你看,现在白莲教的那些贼子已经被消灭了,天下可以太平无事了吧。"

大约是因为心情太好了,嘉庆皇帝没话找话地如此说道。

吴熊光并没有顺杆爬地讨好皇帝,他说:"皇上,虽然如此,想要天下太平恐怕还不容易。需要各省的总督、巡抚、郡县官员都更加爱护黎民百姓,而军队的提督、镇守等将领又能够加强军队训练。百姓既感恩,又畏服,那样,社会才能太平。如果过于松懈的话,便很可能有灾祸。这就是古代的吴起所说,在一艘船里却很可能变成敌人!"

中国青少年智慧阅读书系

嘉庆好不容易出来逛逛,却听到这么一通说辞,他感到相当厌烦,只好不置可否地撩起帘子向窗外看去。

此时,正经过一个小小的村落,虽然士兵们列队守卫沿路,但嘉庆帝仍然能看见村子里冒出的袅袅炊烟,农田里忙碌的人影,还有那村落后面苍翠的山峰,如同水墨画里的美景。这样一来,嘉庆的心情又好了起来,不由转回头说:"爱卿,这一路上风景不错。"

"皇上,这次您出巡,应该是想追忆祖宗创业艰难的道路,怎么只一心挂念风景呢?"

嘉庆想,既然话不投机,不如说说他家乡的事情。便说道:"爱卿,我听说你是苏州人,我少年时去过苏州,觉得那里风景秀美,其他地方可比不上。"

"皇上见到的,也不过是像假花一样的那种秀美。"吴熊光说,"苏州那儿,也就虎丘名气比较大,其实不过跟一个大坟差不多。再说苏州城里河道又狭窄,船只来往都不方便,不算什么好风景。"

"要像爱卿这样说,父皇为何去了苏州六次呢?"嘉庆实在说不过吴熊光,只好搬出自己的父亲乾隆。

吴熊光连忙跪倒磕头,然后回答说:"以前,我有一次陪您进宫,参见太上皇。太上皇亲口说,自己执政六十年来,没有做过什么违反德政的事情。只是后悔六次南巡,导致劳民伤财,徒然浪费。太上皇还说,将来天子如果南巡,臣一定要加以劝阻,否则就不要去见他。微臣想到这句话,就觉得的确没有脸面去见太上皇啊。"

"什么,父皇说过这样的话……"年轻的嘉庆震惊了,他呆呆地看着窗外,脸上露出了懊悔的表情。

吴熊光是嘉庆的名臣，他敢于进谏，修正皇帝的错误观点，并试图影响皇帝的行为，做出了当时堪称楷模的表现。当然，这也离不开他"抓住重要关系"的口才智慧。在和嘉庆帝关于皇上出巡的讨论中，吴熊光把握住机会，用"太上皇"乾隆的观点，来为自己的看法增加说服力，由于乾隆是嘉庆的父亲，也是政治上的前任，所以嘉庆当然会敬畏这样的观点，从而也多少接受了吴熊光的看法。

过多的享乐会导致失败，应该谨慎地娱乐和放松，把更多注意力放在工作和学习上，提高能力，才能获得更多精彩，追求一时的享乐，会让你忘记应尽的义务和责任。

林则徐对鸦片说"不"

道光十八年(公元 1838 年)的一天,阴云密布的天空中,不时传来一两声沉闷的雷声,却始终看不到一滴雨落下。空气里却湿漉漉的,似乎伸手就能捞出水来。

紫禁城内的养心殿中,压抑的气氛比起这天气,似乎更加令人窒息。

道光皇帝坐在铺着柔软褥子的炕上,却神色凝重地看着跟前跪倒的几位大臣,良久才吐出一句:"你们都起来吧。"

大臣们应声而起,道光帝也不看他们,只是将目光投向屋外昏暗的天空,眉头紧锁,说道:"根据各地的报告,鸦片烟已经像瘟疫一样布满了天下。朕心里很是焦急,今天找你们来,就是请各位爱卿说说自己的心里话,给朕分忧解难啊!"

"皇上!"首先发言的是鸿胪寺卿黄爵滋,他一向坚持严禁鸦片,此时,他中肯地说道:"既然皇上想听微臣的真心话,那么,我就主张严厉禁烟。鸦片的输入,已经导致我天朝的白银大量外流了。从道光十四年开始,到现在短短四年内,流失白银三千万两。我朝用财宝来换害自己的鸦片烟,这是误国误民的无底洞啊……"

"不然不然。黄大人说得不对。微臣看法恰恰相反。"

黄爵滋一听,脸色就变得难看起来。他不满地看向说话者,原来是太常寺少卿许乃济,他正是一向以反对禁止鸦片出名的,还曾经写过专门的奏折,向道光帝阐述他的"弛禁"理由。

道光帝不由得把视线转向许乃济,问道:"爱卿有何看法呢?"

"皇上,吸食鸦片已经遍布全国,就是禁止恐怕也禁止不了。不如就此废除禁令，承认鸦片贸易是合法的，这样，外商进口鸦片就能够缴纳关税，我们也能控制进口了。而且政府可以规定，不用现金货币去购买鸦片，只准用产品货物来进行交换，这样，就不会产生白银外流的弊病，同时也堵上了现在走私的漏洞。"

许乃济振振有词地说道，似乎自己想出的这个法子相当高明。

"然也，然也。"支持许乃济的翰林蒋湘南也得意起来，说道："我们还可以允许农民种植鸦片，这样，国内的鸦片就可以用来对抗西洋人进口的鸦片，西洋人再从事鸦片走私，也没办法赚钱了，自然也就不来了。当然，官员、学生和士兵，还是要严格禁止的。"

话还没说完，蒋湘南身边响起洪亮的声音。

"绝不可能！"

大臣们不由向说话者看去，原来是湖广总督林则徐。林则徐自幼饱读儒家经典，一向刚毅正直，在清朝黑暗的官场上同周围那些同僚们格格不入。方才他听了前面许乃济的提议，已经相当不快，只是压抑住性子，等他说完再行反击，没想到现在居然还有人支持，更是让他气愤。

林则徐压抑着自己的情绪，跪倒在地，沉痛地说道："皇上，微臣觉得，刚才两位大人说的方法都不是万全之策，甚至根本就是误国之言。"

听到这直截了当的评价，道光皇帝感到精神一振，他直起腰说："林爱卿，请说你的看法！"

"陛下，如果用这两位大人的说法，让国内百姓都种植鸦片，那么，良田就会荒芜，而农夫们因为不断吸烟，就会慢慢丧失劳动能力。那么，谁还能种田呢？更何况，洋人进口的鸦片，本来成本就低产量就大，而烟味道也很浓厚，我国种植的鸦片也没办法跟他们竞争。最后只会造成土烟和洋烟同时出现，那么，危害就更大了。以后，将导致我国的士兵无法战斗，百姓无法劳动，白银则不断流出，国库会越发空虚。天朝的前途会就此丧失！所以，我坚决主张下令禁止鸦片啊！"

道光帝听了以后，非常振奋，他再看看那帮建议废除禁令的大臣，已经完全没有刚才的志得意满,都低头不语。于是,道光帝高声喝道:"来人,传朕的旨意,从今天开始,严禁鸦片。命林则徐为钦差大臣,即日启程,去广州办理禁烟!"

或许是心理因素,当林则徐走出紫禁城时,他感到沉闷的空气已经开始消散了,从这一刻起,他将走向改变历史的前台。

"谋定而后动"是口才智谋中重要的一种,尤其在参与集体辩论时,不必未经过仔细的考虑和观察,就先亮出自己的观点,这样既显得草率,又显得缺乏针对性。不如让本方的盟友先渲染气氛,让辩论的对手先亮出观点,再结合对方的错误,发扬本方的优势,就能取得辩论的上风。林则徐正是采用这样的方法,最终说服道光皇帝,战胜了荒谬可笑的"弛禁"理论。

观察问题一定要深入实际、放眼长远,切不可自以为是、主观臆测。不应满足于对问题的一知半解,而应当探寻其根本、把握其趋势,高瞻远瞩,占领思想制高点。

秋瑾驳倒假道学

1904 年，日本东京的街头上，熙熙攘攘的人群川流不息，时而跑过几辆人力车，时而又走过一群脚踩木屐的妇女。在远远的市中心，影影绰绰地有着高大建筑的身影。

在街头的人群中，行走着一位面色刚毅的女子。虽然说是女子，但如果只看她一身男子和服的装束，别人一定会将其误以为是男性。

这女子并没有像其他人一样慢慢行走，或者欣赏四周的风景，而是急匆匆地折过拐弯，穿过小巷，来到一幢木屋前。一位身着学生制服的男青年正好迎面出来，同她打招呼说："秋瑾同学，今天来得真早啊！"

"是啊，今天下课很早。"被称为秋瑾的女子回答道，她开口时才暴露出身为女子的真实身份。

秋瑾是位非常有胆识的奇女子，她原名秋闺瑾，后来为了显示自己不甘于女子的柔弱形象，去掉了"闺"字，自号"鉴湖女侠"。秋瑾崇拜花木兰、秦良玉这些历史上著名的女英雄，挣脱了封建婚姻，离开了传统家庭，自费到日本留学参加革命。因此受到很多同学的敬佩和爱戴。

"对了，"出来的青年靠近秋瑾，关心地说，"今天，不知道是什么妖风，把胡道南这个家伙吹到我们学习社来了。"

"是吗？这个假道学……"秋瑾的眉头皱了起来，下意识地摸了摸腰间佩戴的短刀，然后，朝男同学点了点头表示感谢，接着呼啦一声拉开了薄薄的纸门。

这小小的木屋,是中国留日学生在日本活动的地点之一,对外称为学习社,实际上则是革命党人讨论工作的场所。身为进步留学生领袖的秋瑾也经常来到这里,同大家商议将来如何回国推翻腐朽的满清王朝。

因此,秋瑾一进屋,人们的目光就向她投射过来,热情的话语也同时响起。

"鉴湖女侠,你来啦!"

"秋瑾,来坐。"

青年们招呼着,给她在榻榻米上腾出位置。秋瑾略微致谢,毫不拘束地坐到房间中央,她一抬眼,正好看见对面坐着自己的同乡胡道南。虽然有同乡和同学之谊,他却素来轻视秋瑾,觉得以女子之身穿男性和服、佩戴腰刀、谈论政治这些事情,都是大逆不道,并经常在外面大放厥词,反对革命。

"胡道南,我问你。"秋瑾先开口说,"你是不是说过,女子出国留学,主张男女平等,中国就要亡国,就要灭种了!"

"哪里啊,竞雄。"胡道南故意装作熟悉地喊着秋瑾的字,"我怎么会说这样的话。"

秋瑾冷笑道:"胡道南,说了就是说了,也没什么不敢承认的。我们不妨在此辩论一下,看看到底谁能说服谁。"

"是啊,是啊。"周围都是血气方刚的青年人,气氛一下子就变得热闹起来。有人挖苦地说道:"胡老哥,你平时不是一直能说会道吗,现在不如和鉴湖女侠好好辩论一下?"

胡道南咳嗽两声,故意大声说道:"竞雄,有些话呢,其实我也不好直说。我对女子留学、男女平等这些,也没有太多的反对意见。只不过,现在朝廷已经翻然醒悟,开始提倡维新了,这就是振兴的气象啊。你们何必搞什么革命,搞什么起义,还要跟着孙中山这些人闹,这不是大逆不道吗?"

"哈哈哈!胡道南,你读过陈天华写的《猛回头》吗?"秋瑾爽朗地嘲笑道,"如果没有读过,我可以告诉你,《猛回头》写得很清楚,中国已经不是中国人的中国了,俄国、英国、法兰西、德国、日本、美利坚,抢走了我们一块又一块领土。现在这个朝廷,只不过是洋人的鹰犬走狗，压制我们反对外国侵略。你口口声声说朝廷如何英明，难道你没看见它是洋人的朝廷？"

"这个，这个，你说得太过分了……"胡道南口不择言地胡乱说道。

"我还要明确地告诉你，革命的大事我就是做定了，孙中山做的那些活动，根本不是什么叛逆，而是拯救国家民族的壮举。现在我们还要跟他学下去呢！我劝你也要改改脑筋，重新做人，别再一心想巴结朝廷，升官发财。否则，你和死人也差不多了！"

"你，你……"胡道南脸色大变，气急败坏地站起身一跺脚，离开了房间。屋内的青年人爆发出一阵哄笑，接着，就热烈地讨论起革命形势来。秋瑾高兴地看着大家，心中燃起了更加猛烈的火焰。

口才交锋中，也如同两军对垒，把握好时机是重中之重。在气氛、环境都对自己有利的情况下，适时"主动出击"，能乘对手之不备，让其猝不及防，而失去辩驳的斗志。

秋瑾正是采用这种智谋，开门见山地询问胡道南是否歧视女性，而经历过现代教育的胡自然不敢直接承认这一点，从一开始便落了下风，加上后面对其言论直接的反驳，秋瑾更是全面战胜了自己的辩论对手，获得了更强大的革命号召力。

做好准备，强于没有任何事前准备。想实现志向、体现价值，就需要随时随地锻炼自我、树立形象、彰显个性。

胆小怕事、害怕遭受困难、不敢面对风险，必将失败。只有具备主动挑战勇气的人，才能成为生活中的强者，他人眼中的领袖。

吴樾争刺五大臣

1905 年的夏天,安徽芜湖码头上,人来人往。从上海溯江而上的汽轮刚刚到岸,小贩、挑夫、旅客,摩肩接踵地混杂在一起,说话声、叫卖声,混在一处。

在人群中,站着一位西装革履的年轻人,他正焦急地向码头旅客的人流中张望。忽然,他眼睛一亮,向人群中招手喊道:"孟霞,我在这里!"

被称为孟霞的也是年纪相仿的男子,他提着小小的箱子,挤过人群,来到这人面前,使劲儿拍了下对方的肩膀。

"好你个陈独秀,现在做起教员,连西装都穿得像模像样了啊!"

后者不甘示弱,说道:"吴樾,你不也是吗?穿着西服,这样会不会太显眼了,影响革命?"

吴樾字孟霞,安徽桐城人,早年父亲就去世了,从小见义勇为、勤奋好学。现在,他已经是坚定的革命党人,支持孙中山先生的革命思想,陈天华、蔡元培、张榕、章太炎、陈独秀、秋瑾等中国近代史上赫赫有名的人物,都是他的好友。

所以,听到革命一词,吴樾的脸色凝重起来,他把箱子换到另一只手,然后推了推陈独秀说:"走吧,去你的报社谈。"

陈独秀后来成为新文化运动的发起人,五四运动的指挥者,中国共产党的创始人。此时,他却只是安徽公学的一位普通教师,同时自己主办了《安徽俗话报》。报社位于芜湖中长街科学图书社的小楼上。这是一座矮小的徽式建筑,窄小的楼梯,踏上去便有嘎吱嘎吱的声响,屋内阴暗潮湿,空气也隐隐带有令人不适的气味。

"仲甫,你就住在这里吗?相当艰苦啊。"吴樾站在窗前向下看了看热闹的长街说道。

"我每天都在这里编辑《安徽俗话报》,鼓动言论,哪有心思管住的地方如何。"陈独秀一边倒茶一边说,"你看,我这脖颈上都是臭虫咬出的红包,害得我在安徽公学教课时,边讲边挠痒痒,让学生看得瞠目结舌呢!"

说完,两人不约而同地爽朗大笑。

喝着温热的茶水,吴樾逐渐放松下来,他告诉陈独秀,自己这次来,是想和其商量一下刺杀满清五大臣的计划。听到暗杀,陈独秀一下兴奋起来说:"我在上海,也曾经参加过暗杀团,颇有点心得。你不妨仔细说一下计划。"

于是,吴樾便把自己怎样设定了刺杀将要出洋"考察"的五大臣作为目标,打算怎样准备炸药等等,详细地说了一遍。陈独秀边听边点头,不久,神色却慢慢从兴奋转为黯然,接着变成了反对。

"不行,孟霞,这件事情太危险。你去,我觉得不适合。你家中还有老母,怎能就此冒险?"

"仲甫,我不去,还能有谁去。拯救中华,在此一举。"吴樾不以为然。

"我去。"陈独秀站了起来说,"你以为只有你能做成这样的大事?"

"你?你不过一介书生……"

话还没说完,陈独秀向前一扑,吴樾猝不及防,被他从椅子上掀翻在地。

"好小子,你敢打我。"吴樾一边还手,一边喝道,"我说了我去,你不准去!"

"不行!"陈独秀揪住吴樾的脖子说:"我们今天就来较量一下,看看谁有资格去担此重任!"

两人在小小的阁楼上厮打起来,在墙角之间的书籍中滚来滚去。良久,两个热血青年精疲力竭,互相放开了对方的衣领。

"呼——,仲甫,我们……不要……打了。省点……力气吧。"吴樾喘息着说道。

陈独秀口干舌燥,什么也没说出来,爬起来把桌上的残茶喝个精光。

"仲甫,你坐下来。我问你一句话。"吴樾指指椅子,自己则坐在墙角懒得起身。

"你说,什么话?"陈独秀回答说。

"你看,前去刺杀五大臣,只需要一枚炸弹,一点勇气加上足够的机会就行了。是不是?"吴樾气息慢慢平定下来,问道。

陈独秀想了想说:"不错。"

"那么,开启民智,让老百姓都明白反抗满清的腐朽统治,让全中国都相信科学、民主、进步,需要做哪些工作呢?"

"那就难了,孟霞,中国人口太多,封建历史漫长,人民的文化水平普遍不高,想要做到这点恐怕还需漫长的努力。"陈独秀一五一十地说道。

"这就对了。"吴樾一笑说,"刺杀这件事,简单;教育百姓这件事,困难。我性子急,现在去做简单的事情;你有学问,留下来,做后面这件困难的事情。这样才合理,你看是不是?"

"这……"陈独秀一时语塞,内心却不得不承认吴樾说的是实话,他感觉眼角有点湿润,连忙低头装作喝茶掩饰过去。

"就这么定了。"吴樾没有注意到朋友的异常,他站起身来,拍拍身上的灰尘说,"时不我待,我打算尽快动手!"

几天之后,吴樾和陈独秀他们商量好了刺杀计划,离开芜湖北上。三个月后,五大臣在北京正阳门火车站被炸的消息震动全国。在芜湖长街的这座小楼上,陈独秀夜不能寐,独自一人看着从北京寄来的吴樾的遗物,流下了滚烫的热泪……

细心人可以发现,现在颐和园北宫门围墙,最后三尺是后加上去的。正是吴樾刺刹五大臣所致。慈禧听说刺杀事件后,又惊又怕,命人加强防卫和警戒,生怕有人把炸弹从墙外扔入。

其实,吴樾的本名是吴越,清廷审"逆犯",总要篡改犯人姓名,或改成具有贬义的字,或在原字前加上一个偏旁,以示鄙蔑。不想这种做法却就此成就了吴樾大名。

中国青少年智慧阅读书系

即使是朋友之间，也经常需要用口才说服别人，获取同意。吴樾对陈独秀的说服正是如此。在他的论辩过程中，充分利用了"区分差别"的口才智谋。即通过自己的合理解释，让对方看到事情的本质差别，这样将有利于自己接下来阐述的结论。

在一般人看来，牺牲生命艰难，保全生命才容易，但在革命者看来，牺牲可以凭借一腔热血办到，而坚持斗争则需要持久的勇气和信念。吴樾正是从这样的角度，阐述了两者真正的差别，并用以说服陈独秀，换取他对自己的支持。

悟理　安定祥和、无忧无虑的生活，来自于无数革命志士为了国家和民族利益所付出的牺牲。新时代的年轻人领略革命者的精神，是为了更好地学习、生活，这样才不会辜负为民族进步而洒下鲜血的他们。

吴承仕劝说章太炎

1914 年，北京郊外的龙泉寺。此时已经是深秋，遍地枫叶，更增添几分愁绪。两位身着长衫的青年学生，正一边小声说话，一边走过满是枫叶的庭院。

其中一位个子高高的青年人手挎大竹筐，担心地说道："寅初，老师已经绝食两天了，真是让人忧虑啊。"

"玄周，你说得一点儿也没错。"说话的年轻人叫马寅初，后来成为了著名的经济学家，此时他还只是一位风华正茂的学生。听到同学钱玄周这样说，他也点头称是，"可是，以老师的脾气，他不想吃饭，恐怕就是天王老子也奈何不得啊。"

"唉，可不是吗，不过，老师万一有个三长两短，叫我们这些做学生的如何是好。"

这么说着，两人已经走进寺庙西北一处偏僻的院落。看见他们俩进来，站在院落前的几名荷枪实弹的军人紧张起来。

"什么人？"为首的军官走了过来，"来这里做什么？"

"长官，你好。我是钱玄周，这位是我的同学——马寅初。"高个子的年轻人解释着，然后又催促着同学说，"寅初，快把大总统手谕拿出来。"

马寅初把手谕递给军官，军官看了一遍，又狐疑地看看面前两人说道："你们真是章太炎的学生？我奉大总统命令，闲杂人等一概不准进去！"

"千真万确是的，不能再耽误了。再耽误，恩师恐怕有生命危险。"马寅初说道。

听到这句话，军官向后退了退，示意他们赶紧进去。两人连忙走进屋子，看见墙壁上家具上,到处都是毛笔写的"杀袁贼"字样。而老师章太炎此时正躺在一张藤椅上,闭着眼睛。

"老师,老师。"两人试探着叫了一声,章太炎睁开眼睛,瞪了他们一下,又迅速闭上了,嘴里却冷冷地冒出一句:"你们怎么来了?"

"恩师,我们带了您最喜欢吃的炸酱面和荷包蛋,您就吃点儿吧。这样下去,会饿坏的。"钱玄周近乎哀求地说道。

"饿死了拉倒,有袁世凯这种总统,我活着和死了也没什么区别!哼!"章太炎不耐烦地翻了个身,指指桌上的一幅字。两人侧首一看,不由得哭笑不得,原来那是章太炎一贯的狂草字体,宣纸上写着:我死之后,华夏文化亡矣!

正在僵持的时候,门外又进来一人。钱玄周和马寅初回头一看,原来是同学吴承仕。他气喘吁吁地走进来,解释说:"我路上耽搁了。"然后又看了看桌上的字和装满食物的竹筐,心里明白了七八分。便跪倒在地,对着藤椅上的章太炎说道:"老师,学生有一事不明,特来请教。"

听说是请教事情,章太炎来了精神,张开眼睛说道:"说吧,吴承仕。还是你不啰唆。"

"请问老师和三国的祢衡,哪位水平更高呢?"

"哈哈哈,吴承仕啊,你这小子,"章太炎大笑起来说,"几天不见,你竟然如此愚昧了。祢衡的水平,怎么能比得过你为师我?纵横古今,无论是经学、史学、文字学、哲学、政治学,我在当今中国也算是第一人了。要不,怎么能教出来你们?"

章太炎确实堪称大师,他并没有在吹嘘自己,钱玄周和马寅初也听得直点头。

"那么,您觉得现在的袁世凯和当年的曹操相比如何?"

"奸诈阴险,袁世凯看来要胜过曹操。"章太炎深有感触地说,"我就是被这个假总统给软禁在这里的。"

"老师,曹操虽然阴险,他还知道借助刘表和黄祖杀害祢衡。而袁世凯都不用找别人来杀害您,您自己就把自己杀害了。您看,您是在帮袁世凯这个奸贼啊!"

章太炎听罢,在藤椅上呆了片刻,猛然翻身坐起,扶起了吴承仕。

"承仕啊,你说得对,要不是你,我大概真要把自己活活饿死呢。不绝食了,吃东西!留着命跟袁贼斗!"

见此情景,钱玄周和马寅初高兴极了,他们连忙从竹筐中拿出餐具和食物,服侍老师用膳。满天的乌云,顿时烟消云散。

后来,章太炎在反对袁世凯的斗争中发挥了很大的作用,终于推翻了企图复辟帝制的"袁贼",而他的这三位学生,也都成为了近代中国著名的学术大家。

在说服别人的过程中,利用历史上的故事作为自己的论据,往往会起到省事而直接的效果。这种"故事对比"的口才智谋,对于那些知识面丰富、涉猎较广的谈话对象,往往更有作用。

但是,在使用这种智谋的时候,一定要学会结合当前和历史上的情形,找到其最明显的共同点,以便激发起对方的关注,引起他的充分思考,从而发挥历史故事的效果,求得说服力的最大发挥。

靠匹夫之勇或者书生意气,无法达到目标。不必执著于一时,为了所谓的面子,付出更大牺牲。

迂回前进,采用多种策略,全面思考,使用巧妙的方法,才能既保护好自己,又克服更多困难。

顾维钧言撼巴黎

1919 年年初的巴黎,气候寒冷,屋外刮着凛冽的西北风,而凡尔赛宫内,却吵得不可开交,让所有在座者烦躁不安、心神不宁。

这里正在召开的,是第一次世界大战结束以后的和平会议。由于中国在英法的鼓动下参加了一战,现在,中国也成为了战胜国,得以参加这次会议。早在参会之前,国内已经积极行动起来,人们把象征民族耻辱的"克林德碑"拆除,并将上面的碑文改成"公理战胜"。而这次巴黎和会究竟能给中国多少"公理",国内舆论和群众正拭目以待。

现在,会场上气氛紧张,人人自危。由于前些天意大利政府因为和会无法满足其要求,愤而宣布整个代表团退出,导致目前的会谈越加困难,每一步似乎都无法顺利走下去。

"现在是休息时间。"

主席台上端坐着的主持人宣布说。

会场上立刻响起了一片桌椅拖动的声音,由于神经绷得太紧,很多人都需要站起来出去活动活动,或者找地方私下交流。

中国代表团的外交官顾维钧也站起来, 走到凡尔赛宫最具有代表性的落地玻璃窗边,点燃了一支烟。

顾维钧是中国近现代史上卓越的外交家,1904 年就进入美国哥伦比亚大学学习法学和外交,获得了博士学位,后来回国担任了总统秘书、内阁秘书、外交部顾问,接着又出任了驻墨西哥、美国、古巴、英国的大使。今天,顾维钧在这宽阔的会议厅内,心情却异常沉重。

在缭绕的烟雾中,顾维钧回想起自己早在参加会议前,满怀希望地搜集资料,想通过努力收回中国的利益。然而,看这两天的形势发展,这样的可能越发渺小了。

"少川,你在想什么?"外交团团长陆征祥走到顾维钧身边问道。

虽然没有看见陆征祥的表情,但顾维钧知道他也在忧心忡忡,于是半安慰半希望地说道:"我看环境险恶,只能祈祷天佑中华了。"说罢,两人相视摇头苦笑。

正在这时,一串急促的铃声,宣布会议重新开始,会场上响起一片纸张翻动的声音,接着安静下来,等待代表发言。

这一次,首先站起来的是日本代表牧野伸显,他有着宽阔的脑门、狡猾的八字胡,一看就知道是个外交老手。

"尊敬的会议主席先生,"牧野一如所有谦恭的日本人那样鞠躬之后说道,"我代表大日本帝国提出,希望接管德国在中国山东的利益,这是根据《二十一条》条约规定的,也是英国、法国和意大利政府对我们参战曾经所许诺的,山东是我们应得的。"

翻译把牧野的话告诉了主席台上的美国总统威尔逊、英国首相劳合乔治和法国总理克里孟梭。他们听完之后,交头接耳地议论几句,然后将征询的目光投向中国代表团席位。

"主席先生,我有话要说。"顾维钧站了起来。

"顾先生,不妨发表你的意见。"威尔逊回答道。

顾维钧先是礼节性地表示了对日本对德作战的感谢,然后对山东在中国的历史和文化地位侃侃而谈。他一边说,一边无奈地想到,现在中国代表团的确处于劣势。一方面,日本的要求蛮横无理,但另一方面,从国内带出的秘密文件本来可以证明日本的险恶用心,却不幸在旅途中"遗失"了。

看来,自己只能尝试采用感情策略来击溃日本的要求。顾维钧当机立断地说道:"各位先生,西方曾经出过一位伟大的圣人,他叫耶稣。耶稣被罗马人钉死在耶路撒冷，耶路撒冷是世界著名的宗教圣地。而我们东方的中国，也出过一位影响深远的圣贤，他叫孔子。即使是日本人，也尊他为圣贤，牧野先生，你说是吗？"

顾维钧虽然微笑，却充满力度地看向牧野。在他炯炯的目光逼视下，牧野不知不觉地脱口说道："是的。"

顾维钧接着说道："既然牧野先生都承认孔子是属于东方世界的圣人，那么，孔子也就等同于西方的耶稣，而孔子的诞生地山东，也就等于是东方的耶路撒冷。诸位先生们，你们会同意失去西方的耶路撒冷吗？"

顾维钧有力的演讲以这一无法否定的反问结束了，会议现场响起一片掌声。威尔逊和劳合乔治甚至走下了主席台，来到顾维钧的面前同他握手，向他表示致敬。在掌声中，日本代表面面相觑，而顾维钧则频频点头，感谢支持。

当掌声停息会议继续时，陆征祥向顾维钧探过脑袋说："少川，说得好，有希望。"

但顾维钧沉默地摇摇头，他知道，中日之间的外交斗争，前路未卜，胜负难料。

当争辩之中，己方因为主客观原因而暂时证据或者理论不足时，盲目承认失败不仅可悲，同时也会让最后一点希望破灭。与其束手就擒，不如放手一搏，像顾维钧那样利用"形象比对"这样的口才智谋，利用评判者可以理解的形象或者情感，同事实对比，获取他们的同情，为自己争夺最后胜利的可能。

历史上，虽然中国代表团最后没有获取胜利，但顾维钧的言论通过报纸传到了全世界，更传遍了中国，发扬了国威，激起了民愤，为中国最终抵制巴黎和会、发起五四运动，并由此走向新时代做出了突出的贡献。

"弱国无外交"。国家如此，个人也一样。只注意口才智谋，缺乏必要的实力，难以用成绩说服他人，将无法脱颖而出，站到竞争的前列。口才加实干，才能打造出强者，我们有必要牢记这点。

蒋梦麟独闯"虎穴"

1935年,北平这座历史悠久的古城,正面临着强敌压境的危机。

"日本人亡我之心不死!"在北大的校长室内,著名的教育家、北大校长蒋梦麟忧心忡忡地和同事说道。

蒋梦麟学贯中西,从美国哥伦比亚大学获得哲学及教育学博士学位,回国后被北京大学教育系聘用,后来因为成绩突出而担任了校长。

"今年6月,国民政府又和他们签订了《何梅协定》,现在,北平的主权简直已经沦入了敌手!这无能的政府!"

说到这里,蒋梦麟难掩心中愤怒,重重地在桌上拍击了一下。同事尚未回话,便看见杂役慌慌忙忙地从屋外走了进来,报告说:"校长,日本人来了……"

话音未落,走廊上传来了嚣张的皮鞋声音,那回声传到校长室内,清晰入耳。蒋梦麟笑着安慰杂役说:"没事,他们不敢如何。"然后自己警觉地站了起来,盯着门口。

进来的是个日本宪兵,他在门口一鞠躬,递上了一份请柬。杂役小心翼翼地接过来,转交给蒋梦麟。

"蒋校长,我们司令官请你去东交民巷的司令部谈话,请赏脸!"说完,宪兵不可一世地转身离去。

"蒋先生,您不能去啊。"杂役担心地说道。

"呵呵呵!临难毋苟免,我马上就去,而且,一个人去。"

一个小时后,蒋梦麟真的一个人走进了日军司令部办公室,看到文质彬彬的教书先生毫无惧色地走进这里，坐在办公室里的日军大佐不由得呆若木鸡，过了半天，他才故作镇定地说道："蒋校长，请坐。"接着，大佐摆出一副审讯的姿态说："我们请您来这里，是想知道，您为什么进行大规模的反日宣传？"

"反日？我从不反日，绝没有的事情！"蒋梦麟理直气壮地回答道，"我做的事情，凡是有一点骨气的中国人，都一样会做的！"

"难道，你就没有在反对华北自治的宣言上签字？"大佐那隐藏在玻璃镜片背后的眼睛，散发出逼人的凶光。

"当然签字了。不过，华北是否自治，是中国内政问题，和你们日本人有什么关系呢？"蒋梦麟故作不解地说道。

"这个……"大佐一时语塞，连忙转移话题说，"听说你写书攻击我们日本？"

"说话要有证据，你说我写过，请拿出书给我看看好吗？"蒋梦麟的反问让大佐更加手足无措。他想了想，露出比哭还难看的笑容说："这么说，蒋校长是我们日本的朋友喽？"

"这就不一定了，我是日本人民的朋友，但和日本军国主义就不是朋友了。只要是世界上爱护和平的人，我都是他们的朋友，而想要侵略别人的，都是我的敌人！"

大佐的脸色被说得变来变去，但他不轻易承认自己的失败。既然在语言上无法折服蒋梦麟，他便打算用威胁这一招："哦，原来这样。不过，关东军可能对您有所误会，您愿意现在去大连和板垣将军解释一下吗？"

"我不去，你们的意思我明白。不过，我在学校还有事情要处理，等机会出现，我会适当地拜访将军。"蒋梦麟很好地掌握了回答分寸，而且毫无惧色。

"不要怕，蒋校长，我们的宪兵会陪同你，他们可以保护你的。"大佐开始步步紧逼。

"怕？我为什么要怕？如果我怕，还会一个人来这里？如果你们强迫我去，那就随便，反正我已经来了。不过，我看你们还是不必强迫的好，否则全世界知道，不，就是东京政府知道你们绑架中国的大学校长，恐怕也要成为你们的笑话了。"

蒋梦麟的话软中有刺，让大佐不知道如何是好，他站起身来，焦急地来回踱步,仿佛面前的不是一介学者,而是令他忧心忡忡随时会爆炸的炸弹。这时候,电话突然响了,大佐接起了电话,叽里咕噜说了几句,然后挂上电话,奸笑着说道:"好吧,蒋校长,司令说,感谢您的光临,下次有机会您再去大连吧。随便什么时候可以的。谢谢,再见。"

大佐弯腰恭敬地鞠了个九十度的躬,蒋梦麟微微点头,站起身来,走出布满岗哨的日军司令部。门外明亮的阳光下,站满了前来迎候他的家人、同事和学生,他平静地走向他们,如同刚刚上完一节普通的课……

"软中带硬",是帮助蒋梦麟平安从日军司令部归来的重要口才智谋。蒋梦麟当然有能力怒斥日军,但作为手无寸铁的学者,这样做只会激怒对方,导致自己不必要的牺牲,但是,如果表现得卑躬屈膝、懦弱不堪,也将让日军更为轻视中国,并丢失自己的人格。因此,蒋梦麟选择表面上平静陈述,但内里不断地给对方以威胁,让日军大佐无法占据辩论的上风,也不敢把自己怎么样。

俗话说,"是福不是祸,是祸躲不过",生活中,难免会遇到一些无妄之灾。面对危险时,应该勇敢地表达自我,并化被动为主动,渡过眼前难关。

盲目逃避,做埋首于沙漠中的鸵鸟,只能是自欺欺人,遭到他人的鄙视。

梅汝璈争得"座次"

1946 年 4 月,远东国际军事法庭正进行着对日本战犯的大审判。来自 11 个国家的法官集合在这里,准备履行各国政府赋予的神圣使命。而中国派出的大法官则是梅汝璈。梅汝璈先生 1928 年从美国芝加哥大学法学院毕业,获博士学位回国,曾任教多所大学,担任过行政院院长、外交部长的助手,有着丰富的国际外交经验,通晓英美诸国法律。随着远东国际军事法庭的成立,梅汝璈被国民政府派到东京,参加对日本帝国主义战犯的审判。

正式审判尚未开始,今天,庭长澳大利亚人韦伯集合所有法官召开会议。他清了清嗓子说道:"今天,请各位来讨论的是正式审判时座位的次序问题。我提议,可以用联合国安理会的顺序排列,就是美、英、苏、中、法。大家看如何?"

随着这个建议提出,法官们讨论起来,梅汝璈坐在自己的位置上轻轻一笑,对身边助手说:"任何国际场合,争座次在所难免,这并非个人名利,而是关系国家、民族地位和荣誉的大事,故应有的位置必须当仁不让,力争得到之。"

果然,其他国家的法官也无法接受。有人说,这样不合理,应该按照日本投降时各国签订受降书的顺序,还有人说,应该按照字母顺序,更有人说,可以按照资历来排顺序。结果,众说纷纭,一时也没有定论。韦伯不断地否定掉所有提议,一心只想让英美代表坐在中间。

等众人议论得差不多了,梅汝璈才说道:"各位先生,这次,我坐在哪里,我本人并不介意。不过,由于和大家一样,是代表本国政府而来,所以,我的座位次序我需要请示本国。"

听到这句话,韦伯紧张了起来,他知道如果大家都开始请示本国政府,审判的日期就无法确定了。于是他连忙说道:"梅先生,从大局出发,次序问题要尽快安排,才能确保准时开庭。"

"如果是这样的话,"梅汝璈收起笑容,严肃地说,"中国代表应该排在第二位。大家都知道,我国有八年抗击日本侵略的历史,为世界大战胜利做出巨大贡献。因此在受降书上排为第二名,我国现在在审判次序中坐第二,完全无可厚非。没有日本的无条件投降,便没有今日的审判。"

然而,英国法官帕特里克尴尬并恼羞成怒地否决了这个意见,他这种老牌帝国主义教育下成长起来的官僚,无法容忍一个东方国家比"大英帝国"排名靠前,更何况当时的中国是那么贫弱。

"那么就没有办法了。我建议,按体重排列算了。就算我排到最后一名,也没有话说,对本国政府也算有所交代。如果我国政府觉得我坐在最后一名有损形象,自然还会派出胖子来取代,我们再行较量。"

话音未落,法官们哈哈大笑。韦伯也笑道:"梅先生不只是法官,还是幽默大师。你的办法很好,可我们是国际法庭,不是拳击比赛。"

结果,小小的座次问题最后还是没有定论,韦伯一直没有宣布正式的次序。直到开庭前一天的预演,因需要拍照,还要穿上正式的法袍,可以说这是最后一次隆重的"彩排"。此时,韦伯才突然宣布法官坐席的次序是美、英、中、苏、法、加、荷、新、印、菲,梅汝璈闻听愤然脱下法袍,宣布退场,他的举动引起了加拿大法官的支持。

韦伯见势不妙,亲自跑到梅汝璈的办公室里说:"英美居中,这是最高统帅麦克阿瑟将军的意思,是为了工作嘛!并没有歧视你们中国。"

梅汝璈反驳道:"这不是英美法系的法庭,是国际法庭,有什么需要英美居中的必要？而且，加拿大、新西兰也是英美法系，他们为什么又在旁边？"

"梅先生，你现在坐在美国和法国法官中间，不用和苏联人坐在一起，相信你会很愉快。"一计不成，韦伯又来了一计。

"我来东京是参加审判，不是为了愉快的。审判战犯是为了讨回中国所失去的公道，不可能愉快。更何况，那位苏联同事，我觉得他很和蔼可亲，我根本不会像你们那样厌恶或害怕他们。"梅汝璈理直气壮地说道。

"梅先生，这个次序可是麦克阿瑟将军的意思。如果你不尊重这个安排，会让中美关系很不愉快。我想，你的政府也不会同意吧。"韦伯干脆威胁起梅汝璈来。

"政府不同意，可以撤换我。但我自己无法接受这种毫无理由的安排。而且，我甚至怀疑这个安排究竟是不是麦克阿瑟将军做出的。按受降国家签字的先后顺序安排法官席位是唯一合理的办法。"梅汝璈并不松口。

韦伯看到自己用尽了方法，无法说服梅汝璈，只好说："那好，梅先生，我再回去考虑一下。"

梅汝璈步步紧逼地说道："韦伯先生，我有必要告诉您，如果从预演开始，中国的座次不合理的话，我个人将会拒绝参加审判。同时还会向我国政府请示支持，或者提出辞职，这是我自己的选择。"

韦伯听见这话，就像吃了个苦瓜一样说不出话来，他连声说着："我们再商量，再商量。"然后，一溜烟地离开了办公室。

第二天，按照受降签字顺序，排定了预演的座次，中国理所当然地排在第二位。梅汝璈身穿黑色法袍走进审判室，加拿大法官悄悄地向他伸出了大拇指，苏联法官则频频点头，连韦伯也主动过来打招呼。梅汝璈和他们一一微笑致意，然后骄傲地坐到那神圣的席位上，开始履行自己的光荣使命。

在复杂的形式下，梅汝璈不仅看透了韦伯的用意，还先后采用了"搅乱局势"和"步步紧逼"的口才智谋。所谓"搅乱局势"，是在谈判对手貌似握有强大话语权和决定权的前提下，突然发言，给出看似无理或者荒谬的建议，从而打乱他们原先的部署，起到拖延时间带来转变的效果。而"步步紧逼"，则是利用对方心理上的弱点和现实中的需要，利用语言给对方一定的威胁和压力，让他最终答应己方的建议。通过巧妙地运用这两条智谋，梅汝璈维护了国格，也获取了尊重。

悟理

大到国家之间，小到私人交往，每个人都应秉承原则来学习、工作和生活。丢失了理应坚持的原则，最终就会丢失在别人眼中应有的位置。

想方设法维护自己坚持的原则，不仅能得到朋友的认可，最终还将赢得对手的尊重，并为自己博取到应有的位置。

独立宣言和"帽子铺"

1776 年 7 月，在北美华盛顿的一所庄园里，庭院里静悄悄地听不见一点声音，而在屋子的大厅内，一群政治家正紧张地讨论和发言，举行着影响世界历史的会议。

这次会议的前一年，在莱克星顿，北美的民兵伏击了前来镇压的英国军队，独立战争就此开始。战争开始后，为了尽早地实现美国独立的梦想，十三个殖民州的代表齐聚在这里，开始第二次大陆会议。经过几天的讨论，会议推举了富兰克林负责的五人小组来制定大陆宣言。

富兰克林是当时美国最有名的科学家和发明家，同时还精通政治、外交、哲学、文学、航海和军事。然而，他的身上看不到一点骄傲的影子，只有平易近人的朴实谦恭。这一点，从未改变。

"杰弗逊，我建议你来起草这个文件。"散会的时候，富兰克林亲切地对自己的朋友说，"你文笔过人，我想一定能胜任这个任务。"

杰弗逊，智力超群，才华出众，浑身上下洋溢着乐观和活力。虽然他后来成为美国第三任总统，但杰弗逊此时在富兰克林面前，只是个晚辈。

"好的，富兰克林先生。"杰弗逊很高兴地点头答应了。他同所有人告别之后，走出庄园，骑上马，飞快地向自己的住处奔驰而去。

"你觉得杰弗逊能写好吗？"富兰克林身后的亚当斯问道。

"当然能，只要他有足够的耐心。我们都知道，杰弗逊并不喜欢别人对他的作品指手画脚。"富兰克林耸耸肩，"但这次毕竟不同。"

三天之后，杰弗逊带着自己的文件来到了庄园。富兰克林和亚当斯正在办公室门外等着他。

"杰弗逊先生，宣言起草好了？"亚当斯接过文件递给富兰克林，而后者浏览了一遍，便直接打开门，走进了办公室。

五分钟之后，他空手走了出来。

"怎么样？"杰弗逊问道。

"不要急，我的朋友。"富兰克林回答说，"他们需要审查。"这样说着，富兰克林向亚当斯递了个眼色。

"是不是要审查很久呢？"杰弗逊还是有点儿心神不定。

"这样吧，杰弗逊，等待的时候我来说个故事。"富兰克林说，"这个故事是我家乡的事情。

"我的家乡有位青年，打算开一家帽子店，他亲自设计出一块招牌，上面写着'约翰·汤普森帽店，制作和现金出售各种礼帽'，招牌的下方还画了顶惟妙惟肖的帽子。然后，这位青年人请朋友来提意见。

"第一位朋友告诉青年人说，'帽店'和'出售各种礼帽'是重复的，应该删掉一个，第二位朋友告诉他说，'制作'这个词是应该去掉的，第三位朋友说，'现金'不是多余的吗？第四位朋友还是不满意，便把'出售'两个字擦掉，然后把'各种礼帽'也删掉了。最后，只剩下了'约翰·汤普森'的字样，加上一个硕大的礼帽图案。当这样的招牌挂出去后，醒目而直观，让来往的顾客感到非常新颖，带来了大量的生意。"

富兰克林的故事到此说完，本来焦躁不安的杰弗逊慢慢听出了其中的意思，他不好意思地停止了来回走动，说："是啊，也许我太着急了。大概我还是要慢慢修改才好啊。"说着，他们一起走进了办公室，拿回了那份需要修改的文件。

几周后,最后的宣言稿确定了,在十三个州的代表共同见证下,美国的《独立宣言》获得了通过和签署,并成为美国独立精神的象征。人们后来才知道,这篇杰弗逊起草的文件,经过多次修改,才从原先的长篇大论,变成最后的言简意赅,足可流传世界。而这一切,同富兰克林的"帽子铺"故事,有着密不可分的联系。

炼智　富兰克林如果直接批评杰弗逊文章写得冗长,既显得不太礼貌,也难以让对方接受,更有可能导致他反唇相讥,影响《独立宣言》起草的进程。因此,他选择了"说故事"的方法,通过故事中的寓意,提示杰弗逊了解自己的建议,按捺住性子,不急不躁地好好修改这篇文章。

"说故事"是口才运用中非常形象的方法,既不会直接触及谈话对象的自尊和情感,也可以帮助他们充分认识面对的环境。这个智谋要求说话人擅长即兴编出形象的寓言故事,并借机表达出谈话主旨。

悟理　做任何事情,都应该进行反复的思考、必要的尝试,并做好迎接失败的充分思想准备,不要因为短暂不利就失去耐心,自暴自弃。

"三思而后行",谨慎而耐心,才可以充分发挥自己的能力,将自己变得与众不同。

一个家庭和一个国家

雅典的街头熙熙攘攘，穿着白色长袍的学者苏格拉底正慢慢地穿过拥挤的人群，向着市郊的剧场走去。苏格拉底是古希腊著名的思想家、哲学家和教育家，他后来和他的学生柏拉图、柏拉图的学生亚里士多德一起被称为"古希腊三贤"，被封为西方哲学的导师。

苏格拉底不喜欢在室内上课，他之所以要去剧场，是因为今天那里将排演一场音乐剧，而学生柏拉图正在那里等他。

苏格拉底今年接近四十岁，他总是带着略显忧郁的沉思表情，这看起来似乎让他显得比实际年龄更沧桑一点。但此时他明显心情不错，频频地和那些尊敬地向他弯腰致意的小商贩们打着招呼。

苏格拉底走到街角，迎面撞上了一位衣着华美的年轻人。

"你好，格劳孔。你是要去哪里呢？"苏格拉底和蔼地问道。他知道，格劳孔最近已经放弃了学业，打算一飞冲天进入政坛。

"你好，苏格拉底。我是要去城邦政厅做演讲。"格劳孔高傲而不乏炫耀地回答。

苏格拉底打量着自命不凡的年轻人说道："格劳孔，听说，你非常想当上雅典城邦的执政官，有这回事吗？"

听到自己喜欢的话题，格劳孔很高兴："是的，苏格拉底。我的确很想。"

"那真的不错啊。这是一件大好事啊。只要你能当上执政官，你会得到你想要的一切——既能够帮助你的友人，还能够让你的家族出名，同时还可以为雅典增光。

这样,你的名字迟早会传扬在整个希腊,甚至遥远的异邦,都能听见你的盛名,无论你出游到哪里,都会受到其他人的崇敬。"

格劳孔听见这样美好的未来,显得非常高兴,停下脚步想多听听苏格拉底的话。

苏格拉底看见他停下来,便话锋一转说:"格劳孔,我的朋友,如果你想要得到这一切,你就需要给我们的城邦做出贡献。"

"您说得完全正确。"格劳孔承认道。

"可是,你打算首先怎样做呢?让城邦富裕起来是不是?"

"是的。"

"那么,富裕是不是要通过增加税收来实现呢?"

"当然是的。"

"可是,税收从何而来呢?"

"这个……"格劳孔说不出话来了。

看见面前的年轻人为难的样子,苏格拉底平静而耐心地开导他说:"国和家是一样的,只是国家的问题要更复杂。如果你能先管理好一个家庭,就有可能带领好整个国家了。你可以试一试先让你的叔父家变富裕起来啊!"

格劳孔摇摇头,说:"如果我的叔父能听我的,我才可以帮助他们。"

"怎么?"苏格拉底微笑着说道,"如果你连叔父都无法说服,又怎样说服整个雅典呢?你想出名是正确的,然而,小心别适得其反啊。请看看吧,古往今来,凡是受到别人尊重和赞扬的,都是努力求知的人,反之都是拒绝学习的人。如果你真的想获得自己想要的一切,就应该先努力求知,获得不断增强的能力,才能超过别人,做好你想要的工作啊。"

"是这样啊,苏格拉底,我明白了。我不会再好高骛远了。"格劳孔高昂着的头低下来,"请相信我,我会好好学习知识锻炼能力的。谢谢您的教海。"

格劳孔和苏格拉底告别以后,急匆匆地回家研究学问去了。苏格拉底则继续向剧场走去,他的学生还在那里等他去施教呢。

炼智 想让别人停下原本的事情，专心听你说话，可以运用苏格拉底这样"引导肯定"的口才智谋。所谓"引导肯定"，就是从开始就不断提出对方一定会说"是"的问题，这样，对方将很容易越来越被你的谈话内容所吸引，思维也进入你预先设定的轨道中，不会产生过多的抵触。试想，如果一开始苏格拉底就告诉格劳孔说"你得好好学习再从政"这样的话，高傲的他还会停下来接受苏格拉底的建议吗？

悟理 "修身才能齐家，齐家才能治国，治国才能平天下。"年轻人具备雄心壮志是必要的，但更重要的是务实的学习精神、不断进取的学习态度，储备更丰富的知识，锻炼出更卓越的工作能力，这样才能触摸到梦想，打开成功的大门。

伽利略为"爱"争权利

1581 年夏季的一天中午,意大利比萨城一个普通人家的小庭院里,飘出了面包的香味。

这家店铺的主人原先是个数学家,还懂得诗歌和音乐,然而,光靠教书无法养活全家老少,所以不得不经营起这卖毛织品的小店。

此时,厨房里狭窄的餐桌边,正坐着一位瘦削的少年,他的面前只有一盘面包和一盆简单的蔬菜沙拉,对于正处在发育期的孩子来说,这样的午餐似乎有点贫乏。但少年并没有在乎,还是大口大口地咬着面包。

父亲端来果酱,怜惜地看了一眼孩子,把果酱罐放在桌上:"少吃点吧。"说完,他坐下来举起了自己的叉子。身边的妻子看了看丈夫,欲言又止,丈夫好像感觉到什么,抬起头对孩子说:"对了,儿子,你已经十七岁了。不用再读书了,明天跟我一起去佛罗伦萨进货吧。早点儿学会做生意,以后才能把我们的店面做大,不用像我现在这样只能带给你们这样的午餐。"

说完,做丈夫的愧疚地看了看身边的妻子,而妻子则温柔地扶住他的肩膀,表示安慰和理解。

少年听见这话,停止了咀嚼,他呆呆地看向父母,眼神里面充满了疑惑。突然,他扑哧一声笑了起来,这让准备迎接任性吵闹的父母大感吃惊。

"爸爸,你知道我在笑什么吗?"少年天真而好奇地看着父亲说,"每次我发现你和妈妈心意相通,我就会感到很幸福很温馨。不过,我想请教你一件事,为什么你会和妈妈结婚呢？"

父亲发现孩子根本没在意辍学的事情，心里松了一口气，说："当然是我追的你妈妈啊。"说完，他得意地看了眼身边正在低头偷笑的妻子。

"那么，"少年开始将果酱涂抹到面包上，继续天真地问，"你怎么没有和其他女人结婚呢？"

"那怎么会，孩子。"做父亲的满脸不可思议，"你怎么会问这么傻的问题。虽然以前家里曾经给我安排一个富家女子，但我只喜欢你妈妈啊，我爱她，你知道吗？她在我眼中是最美的。"

"是啊，爸爸，我相信你一直到现在还是觉得妈妈最美。不是吗？"少年微笑地看着自己不好意思的母亲说，"而且，我现在也同你一样坠入情网了。"

"真的？"父母异口同声地问道，然后不由得相互对视了一眼。

"是的。不过我爱上的不是姑娘，而是物理学。除了物理以外，我不会再追求其他的事业了。它们对我没有半点意义和吸引力，这正如同其他女子对你也没有吸引力一样，我不想要你说的赚钱和名声，物理就是我最好的伴侣。我愿意一辈子和物理相伴，不离左右。这就是我所说的爱情。"

少年已经不再吃东西，而是将双手摊开，平放在桌上，两眼认真地看向父亲。父亲紧紧锁起眉头，盯着已经长大的儿子。

"爸爸，你很有才学，但没有找到机会来施展才华，追求曾经的梦想。但我现在有了，为什么你不可以帮我成功呢？要知道，有一天我也会变成著名的学者，成为著名的大师级人物，我也会以学术研究为生，而且我保证会比做小生意过得好！到那时，你一定会为有我这样的儿子而感到骄傲！"

看儿子这么说，母亲有点动心，她打算说什么，但丈夫先开口说道："可是，我们家里没有足够的钱来交学费，给你去上大学啊。"

"没关系的，爸爸，要知道，我听说佛罗伦萨那里有好些家族都会给有希望的学生提供赞助或者贷款，我为何不能去试一试呢？而且，你在那里不是认识不少朋友嘛,相信我吧,为了你的儿子,你就去请求一下他们的推荐,让我获得这样的赞助,哪怕是贷款也行。要是你对我的成绩不放心,你可以去问问我的导师,他会说明一切的。"

少年说得情真意切,不由得让父亲也心动起来,他原本黯淡的瞳孔,重新燃起了神采,好像看见了少年有一天站在高高的讲台上教学的样子,那正是他自己年轻时曾经追逐过的梦想啊!

"好吧!我答应你了。不过,你一定要向我和妈妈保证,在佛罗伦萨,一定会好好学习,成为你想做的那种人!"父亲掩饰不住内心的激动,又故作严肃地说道。

"感谢主!"少年激动得拍着桌子跳起来,"爸爸,妈妈,我爱你们!"

一家人的笑声融合起来,传出庭院,惊动了走廊上跳跃的鸽子……

这位少年,就是后来物理学史上著名的巨匠、文艺复兴的先驱之一 —— 伽利略。

 作为谈话中的弱势一方,少年伽利略并没有太多的筹码可以向父亲提出自己的要求,但他采取了"激发同理心"的口才计谋,成功地达到自己上学的目的。

所谓"激发同理心",是指利用谈话对象本身的经历特点、个人情感,唤起他们对说话人的同情和理解,从而让他们对说话人最终表示支持。同理心可以让对方把自己想象成说话人,了解说话人的感受,并最终做到愿意从说话人的角度来考虑问题。如果再加上一定的利益展现,用"激发同理心"来说服别人的可能性很大。

 一个人对自己说出的话如果都不是很相信,就难以让别人能站到你这边。

发自内心的表达,才能获得对方的认可。

我是鞋匠的儿子

"各位，请看报！请看报！林肯总统近日要去参议院演说！"在华盛顿的街头，迅速跑过的报童，手拿着厚厚一叠报纸，留下了一路的叫卖声。来来往往的绅士淑女，听说是关于林肯的消息，不由得纷纷围上前来，掏钱购买。

林肯之所以如此受到群众的喜爱，是因为他自己也来自于民众。1809 年，他出生在美国西部肯塔基州的农民家庭，他的父亲做过鞋匠、伐木工人和木匠。很小的时候，林肯就不得不辍学做工，先后当过摆渡工、种植园工人、售货员和木匠。一直到了成年，他才担任了土地测量员，同时坚持读书自学。他夜读的灯光总是亮到很晚，通过自学，他成为一个博学而充满智慧的人，并逐步走上政坛，最终令人吃惊地当选为美国第 16 任总统。

然而，也正因如此，在美国国会参议院那高大的建筑内，林肯却无法获得一些人的认同。

"林肯？他也能当合众国的总统？"一个白发老者坐在参议员席位上，摘下了单片眼镜，不屑一顾地对旁边的人说，"我听说，他是个乡巴佬。种过地，当过邮递员，还砍过木头。"

"就是。"另一人附和说，"你看他那大胡子，一点儿贵族的样子也没有。他那个家族，也根本没有听说过……"

正说着，林肯高大瘦削的身躯出现在参议院大门口。

"来了。"参议员们相互用眼神示意，有的人开始在桌上寻找纸笔，还有人则摸出了雪茄。

今天,林肯是上任以后首次来参议院演说,他看起来没有丝毫紧张和不安,和几名熟悉的参议员打完招呼,就直接泰然自若地向主席台下的演讲位置走去。今天那里是他的阵地。

没想到,林肯刚刚站定,会议席上就站起来一个大腹便便的参议员,他嘶哑的声音听起来格外刺耳:"林肯先生,在你开始讲话之前,我希望你能知道,你是个鞋匠的儿子。"

这句话听起来非常清楚,有不少讨厌林肯的参议员都乘机哄笑起来,他们本来就没想到自己会在竞选上败给平民出身的林肯,现在抓到机会,当然想看看林肯被羞辱的样子。

林肯静静地看着所有人,等他们安静下来,他对着那个胖参议员说道:"非常感谢这位先生的忠告,我确实永远都是鞋匠的儿子。而且我知道,自己做总统,是永远无法做到父亲当鞋匠那么好。"

看见林肯毫无变化,甚至还感谢着讥讽他的人,整个参议院安静下来。林肯接着对那个颇有点尴尬的胖参议员说道:"据我所知,我父亲曾经给您的家族做过鞋子,如果您的鞋子不适合,我也可以帮您修补修补。虽然我水平不行,但从小还是和父亲学习了不少修鞋的技术的。"

接着,林肯又大声地对其他人说道:"对于所有参议员来说,你们也都是一样的。如果你们穿的鞋是我父亲做的,我可以帮你们尽可能地修理或者改善鞋子。但是,有一点我将肯定,就是我永远也无法做到像我父亲那么成功,他的手艺,是所有人都赶不上的。"

说到这里,林肯动容地泛红了眼圈,整个参议院安静了一会儿,忽然响起雷鸣般的掌声。林肯以他毫不掩饰的坦率和对他父亲的热爱尊敬,赢得了所有"上流社会"成员的承认和喜爱。

当别人用语言讽刺和挖苦你的时候，是采取反唇相讥，还是顾左右而言他？其实，这些方法都不是最有效的。真正有用的口才智谋，是面对讽刺和挖苦，能够表现出自己毫不在意的良好心态，并将对方用来攻击的"证据"，变成对自己有利的展示，塑造自己更好的形象。

比如，故事中的参议员一定认为，当上总统的林肯会以自己的出身为耻，并回避自己的问题，这样，就等于羞辱了林肯。而林肯恰恰没有这样，他抓住这个机会，用自己对父亲、对劳动的感情打动了所有人，将"耻辱"变成了"荣誉"，把"丢脸"变成了"成功"。

劳动是向别人提供服务和帮助，向整个社会贡献有益价值。劳动没有贵贱之分，劳动者也没有上下差别。

人人生而平等，尊重所有人，尊重所有职业，才是尊重自己，从而获得别人的尊重。

赫尔岑趣说"流行"

莫斯科的夏夜,总是那么充满生命力,一辆辆豪华的马车经过街头,把穿着燕尾服的绅士和穿着晚礼服的贵族妇女们,送到各自聚会的地点。与此同时,城市的中心,到处响起杯盏相碰的声音,加上听上去软绵绵的音乐,让人不禁变得更加懒散放松起来。

亚历山大·赫尔岑,此时却只是一个人徒步走过街头,走进一座看起来气派威严的宅邸,宅邸内装饰华美,灯火通明,人影绰绰,乐声靡靡,正在准备举行上流社会的派对。

赫尔岑是莫斯科有名的文学家,也是著名的社会活动家,他经常借着参加这种社交派对的场合,宣传自己的民主进步思想。今天他来到这里,一方面是想多认识朋友,另一方面是看看有没有机会说出自己对社会问题的看法,他非常善于寻找和制造机会宣传进步思想。

大厅中央,放着宽大的宴会桌,上面摆满了可口的美食,从鱼子酱到腌鲑鱼,还有各种各样的美酒。赫尔岑和来宾们一一寒暄,然后坐到自己的位置上,津津有味地观察着众生相。

"亲爱的朋友们,让我们开始美好的宴会吧!"随着主人的示意,宴会开始了。敬酒的人们此起彼伏地举高杯子,刀叉的声音听起来清脆悦耳,墙角的乐队也伴随着欢快的气氛,演奏起莫斯科最流行的音乐。

赫尔岑一边吃东西,一边和身旁的朋友交流关于时政的看法。过了一会儿,他似乎受到干扰,眉头紧皱起来,不耐烦地看看墙角的乐队,然后高高地拉起衣领,挡住耳朵。

"怎么了？我亲爱的赫尔岑先生。"桌子对面的贵妇发现了这一点,好奇地向他问道,"为什么你不喜欢这里的音乐呢？"

"是的,我的确不太喜欢这种轻飘飘的音乐,低级轻佻。"赫尔岑并不掩饰自己的情绪,"听起来让人感觉很懒散。"

"可是,这里的乐队是最受欢迎的,他们演奏的曲目也是最流行的啊。"贵妇故作天真地说道。

"是吗？夫人,并不一定吧。流行的都是高尚的吗？"赫尔岑反问说。

"当然了。你看,我戴的项链,是时下最流行的样式。我的毛衣,也是今年冬天最时尚的款式。这么说吧,我们上流社会的人,都是崇尚流行的。流行的就是好！"贵妇一边得意地炫耀自己的衣饰,一边向自己的两边看去。

"就是,就是！"其他人都纷纷点头附和,说道,"流行的当然是好东西,站在潮流的前端,才能彰显我们的身份。"

"呵呵。"赫尔岑笑了笑说,"我看恐怕未必。各位朋友,流行感冒也是流行的,难道你们也喜欢吗？"

这下,所有人都无言以对,赫尔岑只用了一句话就说服了他们。

借着这个机会,赫尔岑谈到了当下整个俄罗斯都在实行的农奴制,这种农奴制看起来流行了几百年,但它已经病入膏肓,迟早要被民主制度推翻。只有做赞成转变的少数派,才能让整个国家和民族进入新的时代。这番话有理有据,让周围的人不由得连连点头,在他们的热烈讨论中,连乐队的靡靡之音似乎也变得激昂起来……

"有效反问"，是口才智谋中最重要的一环。巧妙地运用"有效反问"，可以收到让整个谈话局势瞬间改变，并借此占据谈话上风的"四两拨千斤"效果。

反问可以有两种：一种是像赫尔岑这样，在对方自认为有利时，发出关键性的一击，使其逻辑出现致命破绽；还有一种方法则是利用连续的反问来压制对方的气势，导致他根本没有时间思考，并只能接受你的观点。具体运用哪种方法，应该看情况而定，不能只拘泥于一种方式。

流行不一定意味着卓越。很多流行，只是盲目崇拜和跟风导致的群体效应，来自于个体心理上缺少对自我的发掘，缺少足够的自信。

在新的时代中，睁大眼睛，看清身边的风潮，把握其中对自己有利的，回避其中对自己不利的，才能让自己的价值取向变得更加理智和成熟。

土拨鼠也有生存的权利

夕阳照耀在农场的地平线上,发出最后的余晖。在广袤的田野边,先后跑来了两个小男孩儿,前面那个男孩儿手里还提着个笼子。他们一边奔跑,一边欢快地发出"咯咯"的笑声。

"爸爸,爸爸,我们终于抓住这个家伙了!"他们欢笑着,冲进了木头小屋中。

"哪个家伙?"在木头屋子里,飘来了烤面包的香味,那是孩子们的父亲正在准备晚饭。

"就是那只土拨鼠啊!"年纪小的孩子说道,"是伊齐基尔发现它的。"

"嗯,"伊齐基尔说道,"不过,丹尼尔也出了力,他拿着木棍把土拨鼠赶到了笼子里面。"

"是吗?你们两个都很厉害啊。"做父亲的放下手上的盘子,坐在桌子边上,三个人围着笼子,盯着土拨鼠看了一会儿。

丹尼尔说:"这个小东西,总来我们家菜园偷东西,今天总算抓住了它。"

"是啊,现在该怎么办呢?"父亲饶有兴趣地问道。

"我要处死它,谁让它做这么多坏事。"哥哥伊齐基尔说道。

"不行,别伤害它。"弟弟丹尼尔说,"我们把它带上山,放了吧。"

小兄弟俩针尖对麦芒,先是你一言我一语,接着开始摩拳擦掌,怒目而视,战火一触即发。

"孩子们,"父亲站到他俩的中间说,"让我们按照法律方法来解决问题。我来当法官,你们两人都是律师。伊齐基尔负责指控,丹尼尔负责辩护,怎么样?"

"好!"两个孩子高兴地答应了。于是,连晚餐都顾不上吃,家里先摆起了法庭的阵势。

伊齐基尔担任的是控方律师,他理直气壮地说,土拨鼠偷窃了家里很多蔬菜,而且它也不会因为被释放就改变自己偷窃的本能。所以,放了土拨鼠,就是等于在放纵犯罪。要是不处死土拨鼠,那么它以后还会做出更多的坏事情。何况,处死土拨鼠,还能卖一点点钱,来补偿它犯下的罪行。

父亲一边听伊齐基尔说,一边报以善意的微笑。等伊齐基尔说完,他把视线转向了另一个儿子:"小丹尼尔,你是辩方律师,轮到你说了。"

"法官大人,"丹尼尔像模像样地说道,"土拨鼠也是地球上的生物,是上帝创造出来的。所以,它和我们一样享受着阳光、空气,经常到处自由奔跑。我们能吃动物,吃植物,又为什么不能拿出一点食物分给这可怜的小东西呢?

"再说,土拨鼠很温顺,行为也很胆小,不是什么凶恶的动物。它没有给我们的生命造成什么伤害,只不过吃了点维持生命的蔬菜,开凿了个洞。我们凭什么不准许它做这些呢?

"法官大人,请看看土拨鼠恳求的目光和那因为恐惧而颤抖的身体吧,它是不会说话的,不能开口给自己辩解什么。只是,作为地球上最高等的生命,我们能忍心处死这样的小生命吗?我们只不过有一点点经济损失,又有什么权力去伤害跟我们一样在这里生活的另一个生命呢?"

父亲听到这里,不由得两眼湿润了。他喊道:"本法官宣判:放了它!"第二天清晨,父子三人就上山放走了土拨鼠,在下山的路上,父亲看看自己的孩子,发现他们似乎长高了。

后来,小丹尼尔成为了 19 世纪早期美国著名的政治家、法学家和律师——丹尼尔·韦伯斯特,他长期担任国家的参议员,并先后三次担任国务卿,成为了历史上最伟大的美国参议员之一。

中国青少年智慧阅读书系

小丹尼尔之所以获得了父亲的支持，是因为他使用了"转移立场"的口才智谋。同哥哥不同，他在描述事实时，不断地采取引起父亲立场改变的词语，潜移默化中让父亲的立场从"受害人"转移到"大自然"这面来。比起冷冰冰的对理论的一味阐述，丹尼尔的这种说话方式更容易取得效果。

对法律的重视，应该是生活的基本态度。法律意识还代表了国家文明进步的程度和公民素质的高低。

在生活中应该时刻注意学习法律知识，加强法律意识。只有这样，才能成为尊重法律、遵守法律的新时代公民。但以法律为准绳的同时也不要忘记胸怀一颗仁爱之心。

法拉第应聘助手

1811 年，在英国皇家科学院的实验大楼前，一位夹着书本的年轻人仰起头，羡慕地看着这里。他憧憬的眼神里，写满了对未来的期待和希望。看了好久，他才整理了一下衣服，走进大楼。

科学院实验大楼的建筑结构虽然并不复杂，但在初次来到这里的青年人眼里，却像殿宇一样神圣。他贪婪地看过大厅橱窗里的那些奖杯和锦旗，然后恋恋不舍地走上台阶，来到二楼的一间化学实验室门前。

在白色的实验室门上，挂着黄铜做的小小铭牌，上面写着"H.戴维爵士"。青年人轻轻叩响了门，打开门的是位戴着眼镜的中年人。他就是著名的化学家汉弗里·戴维，当时，他是英国皇家学会的教授，经常到全国各地向热爱科学的青年人做演讲。

"您好，是戴维爵士吧。我就是那位给您寄《戴维爵士演讲笔记》的法拉第，那些笔记，都是我听您的演讲记下的心得。"青年人开口说道。

"你好，欢迎来我这里。"戴维爵士请法拉第进来，然后上上下下打量着他。

"爵士，我的求职信，您看了吗？"

"看了，小伙子。你写得很有诚意。"戴维走到操作台边，看了看仪器里面正在沸腾的液体，然后抬头说道，"很抱歉，我们的谈话随时有可能会中止，因为仪器随时会爆炸。法拉第先生，你的演讲笔记和书信，我都仔细看了。你是在哪一所大学毕业的？"

"我并没有上过大学,爵士先生。"

戴维吃惊地看了看法拉第,然后问道:"真的吗?可是我觉得你的笔记能反映出你具备了这样的学历啊。"

"先生,我自己尽可能地进行学习,而且还在家里搞了个小小的实验室。"

戴维背着手,围着操作台慢慢走着,说道:"年轻人,我为你的学习精神而感动,不过,大概是因为你没有在真正的实验室工作过,所以才一厢情愿地想来这里。其实,科学研究是很艰苦的,劳动量很大,还只有很微薄的回报。"

"可是,只要让我能进入科学院,本身就是最大的报酬啊,先生!"法拉第认真地回答说。

戴维想了想,指着自己的眼角说道:"你看,我这里的伤疤,是年轻时做氢实验的时候引发了爆炸,而留下的。你在信中说,你的工作是印刷和装订书籍,可那些书籍总不会把你弄伤吧!"

"是啊,"法拉第回答说,"虽然没有受过伤,不过那些书籍里面精彩纷呈的科学知识,让我总是如痴如醉、沉迷其中,连吃饭都会忘记。"

听见法拉第这样说,戴维爵士不由得想起自己年轻时求学的过程,会意地微笑起来。他满意地打量着法拉第说:"嗯,好吧,那么你就先来我实验室做助手。不过,我需要考察你一段时间。"

"谢谢您,爵士!"法拉第高兴地回答道。接着,他打开了自己随身携带的书本,"您看,我这里还有一点不理解的,想请教您一下……"

在宽阔的操作台上,戴维耐心地和法拉第探讨起学术的问题来,酒精炉的火苗轻快地舔着玻璃仪器的底部,像是弹奏一曲欢快的科学奏鸣曲。几年之后,法拉第逐渐成长起来,最终成为了科学史上著名的物理学家,他发现了电磁感应定律,并开创了人类使用电力的新纪元。

戴维一开始并不相信法拉第能忍受科学实验的艰苦，然而，法拉第运用"突出重点"的口才智谋，经过详略有序的述说，幽默风趣的表达，将自己对科学的追求，对知识的渴望，轻松而有效地表达出来。这是因为法拉第从一开始就知道对方关注的重点，他了解戴维所有的问话其实是在考验自己，假如他不能明确这样的谈话重点，试图从别的侧重点来说服戴维，那么就只能和助理这个工作职位说再见了。

有的人追求虚荣美丽，有的人爱慕金钱财产，还有人喜欢权力。除此之外，还有更高层次的追求——对于科学精神的追求。追求科学，能提高眼界，开阔心胸，具备知识和理性。

即使在普通的环境和岗位中，也应该始终坚持不渝地追求更高层次，绝不满足于一时的安稳，为兴趣和信仰付出足够的努力。

罗斯福说和两巨头

1943 年 11 月，伊朗首都德黑兰正是阳光明媚的秋天。空气中充满了宁静慵懒的温和感。然而，一列车队迅速驶向市中心，打破了这平静的气氛。从车上一拥而下了一大群军警，他们迅速地分散开把守住了各个主要街道，并紧张地盯着每个出入的路口。

"这究竟是怎么了？"街边正在晒太阳的老人，茫然地向身边正在抽着水烟的老朋友问道。

"嘘！"对方示意他安静一点，然后悄声说道，"听说，是盟国的三巨头正在开会呢！"

老人恍然大悟地点点头，看向街对面那幢被军人重重把守的大楼。

在这幢装修奢华的大楼内，盟国的三巨头会议正如期召开。其中，有坐在轮椅上连任四届美国总统的罗斯福、身材高大不苟言笑的苏联首脑斯大林，和身材肥胖总带着礼帽叼着雪茄的英国首相丘吉尔。他们此时坐在会议桌前，反复讨论着盟国下一步的行动。由于在 1942 年，美国因为珍珠港事件正式卷入战争，而苏联取得了斯大林格勒战役的胜利，整个反法西斯战争正处在转折点。

会议一开始的气氛相当良好，与会三方还经常爆发出阵阵笑声，但随着时间的流逝，当实质性的话题开始后，气氛变得紧张起来。

斯大林首先说道："我希望，英美两国能够早点在欧洲开辟战场。要知道，我们苏联抗击了大部分德军，承受的压力太大了。我希望你们能早点执行拟定好的霸王计划。"

丘吉尔其实早就知道斯大林会提出这一要求,然而,丘吉尔是不折不扣的"大英帝国主义者",对于影响"大英帝国"利益的事情,他一定会想方设法地加以拖延。于是,他深深地吸了口雪茄,慢慢说道:"斯大林元帅,我当然同意您的建议。不过,我考虑到复杂的情况,所以建议能够从地中海进攻意大利,再通过巴尔干半岛向德国进军。"

看着躲藏在烟雾背后的丘吉尔,斯大林内心很不耐烦,但他还是压抑住性子说:"我们需要狠狠踢德国人一脚,意大利、巴尔干离德国太远了,怎么能达到效果。我建议,还是直接从法国登陆比较好。"

丘吉尔看看身边的随员,然后继续高深莫测地说:"那我们回去再考虑下两路进军的情况吧。"

丘吉尔的态度让斯大林忍无可忍,他猛地站起来说:"我们苏联人每天都在牺牲,我们的小孩儿因挨饿而死去。可是有的人却只想抢走中欧地盘,不愿意正面作战,拿我们苏联人民做赌注!我在这里是浪费时间!"

说完,斯大林就打算离开。还没等丘吉尔说话,罗斯福用眼神阻止了他,然后和气地说道:"怎么,你们都要走了?你们是不是欺负我没办法走路,想显摆你们有健康强壮的腿?"

听见美国总统这样说话,斯大林咧嘴笑了笑,不好意思地坐了下来。紧张的气氛开始变得缓和。

"两位,我相信,我们各自的国家有不同的习惯、哲学和生活方式,但是正如同彩虹由不同颜色组成却又光彩夺目一样,我相信我们的理想同样可以相汇,变成一个和谐的整体。为什么我们不能团结一致,让我们努力来帮助各国的利益、世界人民的利益呢?让我们耐心地重新讨论吧。"

罗斯福虽然因为身体虚弱而话语不重,但他的字字句句都反复叩问着在座每一个人的心灵。在他的提议下,会议重新开始了。

最终,德黑兰会议敲定了诺曼底登陆的时机,也确定了苏军反攻的日程。在照相机镜头前,罗斯福坐在斯大林和丘吉尔的中间,露出了坦然而欣慰的微笑。

良好的口才技能，应该能应付和解决不同环境下的不同问题。比如，故事中当自己的同盟者面临着意见发生分歧，而产生决裂的可能时，罗斯福先是采用"转移注意力"的口才智谋，缓和了紧张气氛，接着采用"强调共同利益"的智谋，让产生龃龉的双方重新着眼到会议的本来议程上，从而保证了德黑兰会议的顺利进行，加速了世界反法西斯战争的胜利进程。

 "夫天将降大任于斯人也，必先苦其心志，劳其筋骨……"健康的身体固然是宝贵财富，然而，病痛也能带来更大的动力。身体健康的新时代青年人，更要积极地克服自身不足，超越自我的缺陷，成就一往无前、毫无畏惧的人生。

麦克阿瑟稳定军心

1941 年，菲律宾巴丹半岛的天空中，日本法西斯飞机疯狂地叫嚣着向陆地投下一枚枚炸弹，将原始丛林炸出一个个巨大的弹坑，然后呼啸着离去。地面上，从菲律宾本土撤退的美军部队犹如一锅粥似地拥挤在狭窄的兵营、战壕中，士气低落，群龙无首。

在战壕中，几名士兵斜靠着观察天上的动静，同时悄悄地议论着战局，一边说，一边摇着脑袋，表示对情况的不乐观。

远处，另一名士兵正从口袋里掏出陈旧的老照片，一边看，一边擦着眼角的泪水。

正在空袭间隔的时间段，一位身材高大、戴着墨镜、口衔烟斗的军官走进了战壕。

"弟兄们，你们还好吗？"这位军官从嘴里拿出烟斗，大声地向大家问道。

"是将军？是将军！"有人高声喊道："麦克阿瑟将军来看我们了！"

道格拉斯·麦克阿瑟，驻菲律宾的美国远东军总司令，他 1899 年考进美国西点军校，4 年之后，以 98.43 分的成绩创立该军校 25 年的毕业成绩记录，并破格升任为上尉。之后，他参加了第一次世界大战，因作战勇敢、指挥有方，所以步步高升，直到担任美国陆军的总参谋长，并因此享有很高的威望。

随着刚才的喊声，很多士兵纷纷把视线集中到麦克阿瑟这里，他们太需要在这个危急的时刻看见自己的司令官了。

麦克阿瑟打算趁机将战士们集中在一起，对他们进行一次鼓舞战斗意志的演说。忽然，那名一直看照片的士兵从战壕那边挤过来，他瘦瘦小小，看起来很是年轻。此时，他气喘吁吁地来到麦克阿瑟面前说道："将军，我有很紧急的事情要跟你汇报，我打算请假！"

"什么……"周围的士兵起了一阵骚动，"这怎么可以，和将军请假？"

所有人都开始用紧张的眼神看着麦克阿瑟，大家都知道，这位美国远东陆军总司令向来治军严明，对于这样的请求，麦克阿瑟很有可能大为生气，甚至直接把这名不懂事的士兵送上军事法庭。

然而，麦克阿瑟并没有发怒，他只是和蔼地拿下墨镜，看着士兵问道："我的孩子，你是不是可以告诉我，你到底为了什么事情想这样快回家？"

"将军，我的母亲在国内因为重病已经生命垂危了，我只是想在她临死前去看看她。而她也肯定想在离开人世前看看自己的独生子……"士兵难过地说道。他看起来正在回想自己母亲的音容笑貌。

"好的，没问题，小伙子，我准你的假期！不过，一个月以后你要回来！"

麦克阿瑟欣然同意，让很多人出乎意料，然而，他继续说道："士兵们，你们是军人，你们属于部队，因此你们必须要为国家战斗，死而后已。但是，你们同样也是人，是你们父母的孩子，是你们妻子的丈夫，也是你们子女的父亲。战争中如果少了你们，可能会延长战火，但亲人们需要你们时，你们将是家庭的顶梁柱，是亲人依靠的一切！想想，我们打仗是为了什么呢？"

麦克阿瑟说到这里，故意停顿了一下，眼神扫视着所有人。

"是为了让世界上每个人，都能像我们希望的那样，守护好自己的权力。所以，我们更有必要努力作战，获取胜利，早日一起回国，和家人团聚！"

麦克阿瑟用有力的手势和强烈的语气，结束了自己的演讲。接着，所有在场的士兵都因此而变得激动起来，一时之间，士气高昂，甚至那名想要请假回家的士兵也放弃了原来的想法。他告诉身边的战友说："司令官太有人情味了，我不能就这样离开他！"

"高调满足要求"，是麦克阿瑟在演说中运用的重要口才智谋。面对士兵发出的请求，如果当众反对其要求，不仅会进一步影响士气，同时还不利于后面的演说。因此，麦克阿瑟采取了"高调"的态度来满足对方要求，并进一步用这种"高调满足"引出自己之后的演讲主题，从而达到更好鼓舞士气的目标。

思维僵化，步骤简单，无法轻松获取成功。为了固定的目标，先做出微小的退步，再大踏步前进，这才是正确的方法，同时也表现了高超的智慧。

"我"和"我们"

马雅可夫斯基是苏联著名诗人、戏剧改革家,曾经创作了著名的长诗《列宁》,细腻地描写了伟大领袖列宁光辉的一生,表达了苏联人民对列宁的深厚感情。

文学作品是来源于生活并高于生活的。作为一位在文字上投入自己毕生精力的社会民主工党成员,马雅可夫斯基总是习惯到工厂去,跟工人一起工作、聊天;走上街头,同一些小商贩和普通市民们交流,从中积累素材,坚定自己的信念和立场。

1917年后,马雅可夫斯基正式走上了街头。他在街道上、工厂里大声朗诵着自己的诗文,这成了他对腐朽没落的资产阶级宣战的武器。

有一天,他正在工厂中大声地朗诵着,一群衣衫破烂的工人围绕着他,他们在车间厂房中被机油长期熏染得漆黑的脸仰望着马雅可夫斯基,心情随着诗文的起伏而变化。从没有一个人像马雅可夫斯基一样帮他们说出了心中所想,说出了他们的痛苦和社会的不公,直指一切矛盾的源头,就是那些高高在上的资产阶级。革命的火种通过马雅可夫斯基口中的一字一句在这些工人们的心中扎下根来。

马雅可夫斯基不知道的是,这时工厂里除了这些工人还有两个意外的人物。其中一个曾经是克伦斯基政府的旧官员,现在是工厂中的一个小组长。另一个是他的朋友,也是资产阶级政府的一名小官员。他们看着那些平常任打任骂的工人眼中进出的火花,心里泛起一阵寒意。他们畏惧马雅可夫斯基用言语给工人们带来的改变和力量,他们预见了这将是把自己吞没、使自己葬身海底的滔天巨浪。

他们想破坏马雅可夫斯基的朗诵和演讲。于是小组长的朋友,那位小官员站出来率先发难,不怀好意地说:"马雅可夫斯基,你的诗让我无法认同。我在这里听了半天,觉得听你的朗诵,简直是浪费我的时间、谋杀我的生命。你的诗没有任何价值,只是词语的堆砌,它没有灵魂。你的诗不能感染人,不能使人燃烧,不能使人澎湃。"

马雅可夫斯基冲着那个小官员微微一笑说:"不好意思啊,我的诗不是鼠疫,不是火炉,也不是大海。真是抱歉。"

工人们哄堂大笑,随即响起了一片雷鸣般的掌声。

小组长将自己的朋友拉回队伍中,左思右想,想找出马雅可夫斯基的漏洞,直接驳倒马雅可夫斯基。

于是当马雅可夫斯基朗诵到"……我以心的血,使道路欢喜,在灰土中,朵朵红花,缀满了上衣……打倒你们的爱情,打倒你们的制度,打倒你们的宗教……"的时候,那位小组长眼睛一转,自以为找准了机会,于是装出一副虚怀若谷的样子出言打断了马雅可夫斯基的朗诵,"马雅可夫斯基先生,我在这里有一个疑问,请问你能不能帮我解答一下?"

马雅可夫斯基看着小组长眼中闪烁着的狡诈和刁难,一脸平静地说:"同志,请说出你的问题。虽然我也许不能给你很好的解答,但是可以从我的经历出发,同你共同探讨,也许可以给你一些启迪和帮助。"

小组长自以为得计,洋洋得意地说:"你们布尔什维克的人不都是号称自己是最大公无私的吗?一直说自己是群众的化身,一切为所有公民着想?那为什么我还总是从你的诗里面听到'我''我的'之类的词,而不是我们呢?总是说着'我我我'的人,又怎么能够代表别的人呢?"

这时工厂中的工人都鸦雀无声,一脸担心地看着马雅可夫斯基,他们都知道小组长的为人。

马雅可夫斯基给了工人们一个安慰的眼神,从容地看着那个小组长,嘴角轻轻挑起一道弧线,幽默地回答说:"我们伟大的沙皇所有演讲都带着'我们'的字眼,成天把'我们'挂在嘴边,喊出来。他说着'我们',于是发动了战争;他说着'我们',于是增加了人民的赋税;他说着'我们',于是颁布了严苛的法令。可惜,最终事实证明,他只是也只能代表他自己。"

话音一落,工人们立刻笑出声来,并给予了马雅可夫斯基雷鸣般的掌声。那个小组长脸上一阵青一阵白,嘴角抽搐了半天,却吐不出什么言论来反驳,只能同自己的朋友一起灰溜溜地离开了车间。

车间里又响起了马雅可夫斯基激扬的朗诵:"你吃吃凤梨,嚼嚼松鸡,你的末日到了,资产阶级!"

 马雅可夫斯基首先并没有被突如其来的刁难弄乱了自己的阵脚,而是保持着自己的冷静,他用对方话语中否定自己言论的词语,展开了联想和衍生,将"感染"和"鼠疫","燃烧"和"火炉","澎湃"和"大海"联系在一起,用很具象化的事物做比,很轻易地就指出了对方的指责无理可言。

而面对小组长的发难,马雅可夫斯基则一眼看出了对方的企图,直接从对方的立场出发,一个幽默风趣的对比,没有指责没有否定,只是给出了个事实,轻易地就驳斥了对方言论,让对方无话可说。并且,他还很好地调动了听众们的气氛,用一个笑话拉近了同工人们的距离,让他们更加赞同自己的言论,贴近自己的立场,方便自己传播革命的思想。

 言论和行为之间虽然没有太大关联,但说出了话却不能做到的人,最终会被大家所抛弃,成为大家的敌人;而言行合一的人,才能得到大家的掌声和认同。

编后记

 2011年2月间，台湾女生连恩美的一本《我，睡了，81个人的沙发》，荣登"2011台北国际书展大奖"，马英九亲授颁奖词。同年10月，南方出版社将此书引进大陆，受到年轻读者的热捧。

 书中的主人公连恩美自小家境优越，功课优秀，一直因循着"25岁工作，28岁嫁人，30岁生孩子"的标准人生规划。就在她面临出国读研，还是找一份令人羡慕的理想工作选择时，她对既定的人生轨道开始迷茫，不知道自己真正想要的是什么，也意识到任何书本都无法给出她人生的答案。于是，连恩美选择睡在81个陌生人家的沙发，独自去欧洲游学14个月。一个世人眼中渺小、脆弱的女生，却以最接地气的方式迎接异域的风。"从踏进某个人家的那一刻起，这个城市对我而言就不再只是一个观光景点……我逐渐触摸到这个城市的节奏与温度。"最终，连恩美在别人的沙发上发现真实的自己，找到自己钟爱的事业。

 连恩美的成长历程恰似当今莘莘学子的缩影，他们从小学、中学、大学一路走来，往往被"读书"裹挟着，成了接受知识的容器，无暇与未来"做事"相链接，临到诸如高考、大学毕业这样的关键节点就迷茫起来。庆幸的是，连恩美勇敢地做自己，如愿地找到了努力的方向。《我，睡了，81个人的沙发》作为个案，正如一座桥，沟通了"读书"与"做事"；而对应试教育环境下的当代青少年来说，此书获得了某种象征意义。这触发了我们的思索：可否让"做事"的意识前移，使"读书"与"做事"相伴成长呢？

 世界上并没有两片相同的树叶，就每个独一无二的青少年而言，注重个性培养，发掘其独具的兴趣、爱好点，并从"读书"路径中伴生出我们所期待的"做事"的富矿。"少年心事当拿云。""少年强则国强。"青少年心存高远地去做关乎中华民族繁荣昌盛之事,这正是我们国家未来的希望所在。"中国青少年智慧阅读书系"便是基于励志、"做事"这样的初衷而策划的。

丛书采撷古今中外的政治家、军事家、说辩家、探险家、谍报家、推销大师在追寻梦想、成就伟业的过程中,在应对难于逾越的困境、挫折和坎坷时,以其卓越的谋略、智谋破解前路迷障,彰显大家本色和智慧炫彩的故事。有人说,智慧就像一把洒在汤里的盐,找不到摸不着,现在我们之所以聚焦世界历史进程中的风云人物,且定格于包含智慧内核的华彩故事,就是希望给青少年一个观察人类的宝贵智力遗产的制高点,品尝到生命中智慧盐的味道,触发并激励青少年立志于"做事",勇于做有益于国家、民族,乃至于全人类的大事业,书写一个顶立于世间的大写的"人"。

这是一套励志成功的书,也是一套挫折教育的书。丛书中的时代精英在探索前行的路途中,不可或缺的是那一份家国的责任感,建功立业的雄心,百折不回的意志,滴水石穿的积累,一时的隐忍换得机遇的克制,参透人情、洞察世态的眼力……正如获得一个世界冠军需要上百种因素复合作用一样,成功的"做事"又何尝不是如此呢?

与此同时,我们也应当看到,作为智慧之光的谋略、智谋等,不是教训,也不是公式,更不是放之四海而皆准的真理,它只是给青少年"做事"提供了参考的范本和思考的空间。那些精妙的思维方式,对于打破陈旧、呆滞的思维定势,提升本身的"做事"资本,有着极为重要的意义。作为大有可为的青少年读者,既要珍惜这种人类共同的财富,也要学会健康地取用谋略。为此,在每一则故事,便特意附加"炼智"和"悟理"的板块。相信这样精心的设置能够引导青少年准确地领略故事的风采,把握谋略的精髓;从不同的角度悟得自己立身处世、搏击风雨、应变万千的准则。这不仅是一种鲜活的阅读体验,更是一次提升自我、丰富智慧的身心之旅。在品读谋略中,点亮智慧人生。